KB184821

약속 식당

약속 식당

박현숙
장편소설

특별한서재

차례

낡은 이층집으로

"후회하지 않지?"

"예."

내 앞에 선 남자가 대답했다. 만호는 그 남자의 손바닥에 도장을 찍어줬다.

"룰은 알지?"

"예."

"다음."

나는 만호의 창백한 얼굴과 마주하고 섰다. 만호의 눈빛이 잠시 흔들렸다. 만호는 들릴 듯 말 듯 한숨을 내쉬었다.

"채우야. 내가 남의 사정 봐주고 어쩌고 할 상황은 아니지만 말이다. 아무래도 너한테는 한마디 해야 할 것 같다. 그렇지 않으면 후회가 될 것 같아서 말이다. 너는 그냥 포기하지 그러냐! 너 지금 세상에 나가면 영원히 소멸되는 거야. 한 자락 연기가 되어 사라지는 거라고. 잘만 하면 좀 더 그럴듯한 생을 쥐어 잡을 수 있는데, 그런 가능성을 포기하는 어리석은 짓은 하지 않는 편이 나을 거 같지 않니? 나야 어리석은 자가 한 사람이라도 더 있으면 좋지만, 하도 안타까워서 그런다."

"괜찮아요."

나는 절대 내 선택을 후회하지 않는다.

"참 고집 끝내준다. 쯧쯧쯧."

만호는 천 년 묵은 여우다. 만호는 죽은 뒤 다시 사람으로 태어나기 위해 대기 중인 이들을 찾아가 사람이 될 가능성을 팔라고 한다. 그 사람의 새로 시작될 생을 사는 것이다. 천 명의 생을 사면 만호는 영원히 죽지 않는 불사조가 될 수 있다고 했다.

나는 죽었다. 그리고 심판을 받고 다시 사람으로 태어날 수 있으니 대기하라는 말을 들었다. 첫날 만호가 찾아왔다.

"사람으로 다시 태어날 수 있게 되었다며? 네가 새로이 얻게 된 생을 나에게 팔지 않을래? 공짜는 아니야. 세상에 공짜가 어디 있겠니? 나는 너에게 더 멋진 대가를 지불할 거야. 너, 전에 살던 세상에서 다시 만나고 싶은 사람 있지? 내 제안을 수락만 하면 그 사람이 지금 어디에 있는지 알아보고 그 사람이 있는 세상으로 가게 해줄게. 단, 그 사람이 죽었다면 다시 사람으로 태어났어야 거래가 가능해. 이곳의 시간은 네가 살던 곳의 시간과는 달라. 이곳의 단 며칠이 네가 살던 곳의 수십 년 또는 수백 년이 될 수도 있거든. 어때? 괜찮은 제안이지 않니?"

만호는 신사적이었다. 강요하는 뉘앙스는 전혀 풍기지 않았다.

"그런데 말이다. 이 세상이든 저세상이든 세상의 모든 이치는 좋은 점이 있으면 나쁜 점이 있고 행복이 있으면 불행도 있는 법, 제안을 받아들인다고 해서 모두 다 좋은 일만 있는 건 아니야. 나는 사기꾼이니 뭐니 하는 말을 제일 싫어해서 솔직히 밝히는 건데, 네가 내 제안을 받아들이고 운이 좋아 그 사람을 만나더라도 같이 있는 시간이 짧지. 최대 100일이 주어지는데, 제일 짧은 경우가 30일이야. 사람에 따라 주어지는 시간은 달라. 그 사람이 전생에서 살았던 시간이 참고되는 거지. 그래도 생각이 있으면 날 찾아와."

만호는 자기 할 말을 마치고 쿨하게 사라졌다.

나는 당장 만호를 찾아갔다. 그리고 만호의 제안을 받아들이고 싶다고 했다.

"잘 생각했어. 그 사람도 죽었는지, 죽었다면 다시 사람으로 태어났는지, 사람으로 태어났다면 어디에 살고 있는지 알아봐야 하니까 기다려. 시간이 좀 걸릴 수도 있어. 너는 이미 죽었고 이승과 저승의 경계인 망각의 강을 건넜어. 그런데도 그 사람을 잊지 못하고 기억하고 있다는 것은 네가 절대로 그 사람을 잊을 수 없다는 뜻이지. 어떤 사연인지는 모르지만 나를 만난 게 너에게는 엄청난 행운이다."

시간이 좀 걸릴 수 있다더니 꽤 오랜 시간이 흘러도

만호에게서는 연락이 없었다. 가끔 만호와 마주치기도 했는데 만호는 이렇다 저렇다 말이 없었다. 기다림의 시간은 초조하고 불안했다. 혹시라도 그 사람을 찾을 수 없다는 말을 들을까 봐 겁이 났다. 나는 그 불안함과 초조함에서 벗어나고 싶었다. 그래서 음식을 만들었다. 재료는 풀과 꽃이 전부였다. 내가 만든 음식에 관심을 보인 것은 만호였다. 만호의 미각은 뛰어나서 재료를 정확하게 알아냈고, 음식의 맛을 평가하기도 했다. 만호는 점점 내가 만든 음식을 좋아하게 되었다. 지나가다 들렀다며 무심한 척 말을 해도 만호의 눈빛에서 일부러 찾아왔다는 걸 알 수 있었다.

"이 말을 해야 하나 말아야 하나."

어느 날, 내가 만든 음식을 먹던 만호가 무슨 말인지 할 듯 말 듯 망설이며 내 눈치를 봤다. 나는 만호가 설이를 찾아냈다는 걸 단박에 알 수 있었다.

"당연히 해야지요."

나는 잔뜩 긴장하고 만호의 입을 바라봤다.

"그래, 해야겠지. 너와 나의 인연은 결국은 그 일을 위한 거니까. 찾았어. 어디에 있는지 알아냈어. 이미 죽어서 다른 사람으로 태어났더군. 하지만 말이다, 그 사람이 과연 네가 새로이 맞이할 생을 바칠 정도로 대단한 사람인지 다시 한번 생각해보는 게 어떠니? 너의 새로운 삶이 어마무시하게 멋진 삶이라면 진짜 억울하지 않겠니? 수십 년을 멋지게 살 수도 있는 가능성을 내팽개치고 길어야 100일을 사는 게 억울하지 않겠느냐고.

그 사람은 그 사람 나름대로의 새로운 생을 살고 있을 거다. 너를 만나도 너와의 시간은 기억하지 못해. 이미 끝난 인연인데 그저 잊는 게 어떻겠니? 나도 천 명을 채우려면 이런 말 안 하는 게 유리한데 말이다. 내가 너로 인해서 제대로 된 맛을 내는 음식을 마음껏 맛봤잖니. 나도 고마움 정도는 알아."

만호는 생각을 바꾸라고 했다.

하지만 나는 수십 년이 아니라 천년만년이라도 바꿀 수 있었다. 어마무시하게 멋진 삶도 미련 없이 포기할 수 있었다. 나는 설이를 만나야 한다. 설이와의 약속을 지켜야 한다.

만호는 내 얼굴을 물끄러미 바라봤다. 만호 얼굴에 안타까움이 가득했다.

"절대 생각을 바꾸지 않겠다는 말이지?"

"예."

나는 고개를 끄덕였다.

"꼭 만나야 하는 이유가 뭐니?"

"여러 가지가 있어요. 말씀드리려면 길어요. 사연을 다 말해야 하거든요. 그 길고 긴 사연을 어떻게 다 말하겠어요. 하지만 그중에 한 가지를 말하자면, 좋아한다는 말을 하고 싶어서 그래요. 좋아하면서도 단 한 번도 그 말을 해본 적이 없거든요. 미완성 요리를 완성하면 더 이상 불행은 없을 거라는 말과 함께 꼭 그 말을 하고 싶었거든요."

"좋아하는 건 꼭 말로 표현하지 않아도 상대방이 알 수 있단다."

"그럴 수도 있겠지만 꼭 말로 하고 싶어요. 눈을 마주 보고."

나는 설이에게 말했었다. 파감로맨스가 완성되는 날, 할 말이 있다고. 설이는 내가 하고 싶다는 그 말이 뭔지 눈치챈 듯했다. 배시시 웃는 모습에서 나는 그걸 알 수 있었다. 설이는 기다리고 있었을 거다. 그런데 나는 약속을 지키지 못하고 죽었다.

"네가 정 그런 마음이라면 내가 뭘 어떻게 하겠냐? 너에게 그런 제안을 한 내 잘못이지. 그래. 부디 네가 만나고 싶어 하는 사람을 만나서 네가 원하는 것을 이루길 바란다."

쿵! 내 손바닥에 도장이 찍혔다.

"도장 자국이 네 생명이야. 하루하루가 지날수록 조금씩 지워지고 결국 네가 소멸되기 전날 딱 한 줄이 남을 거야. 다음 날 완전히 지워지면서 너는 사라지는 거지. 휴, 내가 지금까지 구백 명 넘는 사람들의 생을 먹었지만, 이번만큼 마음이 불편한 적은 없었다. 음식이라는 게 참 이상한 거야. 그저 배를 채우고 입을 즐겁게 하기 위해 먹는 것에 불과하다고 생각했었는데, 만드는 사람의 마음이 들어간 음식은 좀 다르더라고. 네가 만든 음식을 먹으면서 여기, 여기가 아주 따뜻하다는 생각을 많이 했다."

만호가 자신의 가슴 쪽을 툭툭 쳤다.

나는 주머니에서 '살살말랑'을 꺼내 만호 손에 쥐여 주었다. 살살말랑은 이름 없는 풀과 꽃으로 만든 젤리다. 살살말랑이라는 이름은 만호가 지어주었다. 입에 넣으면 말랑말랑한 젤리가 어느 순간 살살 녹는다고 말이다.

"어제 마지막으로 만들었어요."

"고맙다, 채우야. 네가 나를 위해 마지막 선물을 만들었으니 나도 너를 위해 마지막 선물을 주도록 하마. 이런 말을 해주는 것은 우리 세계의 룰을 깨는 것이지만, 네가 원하는 일을 성공하지 못하고 그저 소멸하는 걸 보게 된다면 내가 너무 괴로울 거 같아서 말이다. 그래서 알려주는 거다. 그 사람을 찾는 과정에서 알게 된 사실인데, 네가 찾는 사람은 게 알레르기가 있다."

나는 깜짝 놀랐다. 설이는 게 알레르기가 있었다. 다른 세상에서 다른 사람으로 태어났어도 그것은 변하지 않았구나. 나는 설이를 찾기로 결심한 것이 얼마나 탁월한 선택이었는지 깨달았다. 게 알레르기가 변하지 않은 것처럼 설이도 그때 그대로일 것이라는 기대가 바람이 들어간 고무풍선처럼 부풀었다.

"채우야. 그 사람이 너를 알아볼 확률은 거의 제로야. 너를 기억해낼 확률은 넓은 연못에서 손톱 하나를 찾는 것과 같지. 네가 소중하게 여기는 것을, 함께했던 시간을 기억하지 못하는 상대를 바라보면 그 슬픔이 엄청날 텐데……. 하지만 연못에서 손톱 하나를 찾을 수도 있지. 기적처럼 말이다. 어느 순간, 찰나의 순간,

그 사람이 너를 알아볼 수도 있겠지. 아아아, 그렇다고 해서 기대는 하지 마라. 기대를 하면 실망도 큰 법. 그럼 가라."

만호가 말하는 순간 바람이 불었다. 나는 바람에 휩싸여 허공으로 높이 떠올랐다. 멀리 별이 보였다. 별은 점점 더 가까워져왔다. 점처럼 작은 별이 손톱만 해지고 손톱만 했던 별이 주먹만 해질 무렵, 정신을 잃었다.

정신을 차렸을 때 나는 벤치 위에 누워 있었다. 찬란한 햇빛에 눈이 부셨다. 주변을 둘러봤다. 한적한 공원이었다. 나는 오른쪽 손바닥을 펴봤다. 동그란 도장 자국이 선명했다.

'무작정 걷고 싶은 대로 숫자를 세며 걸으라고 했어. 느리게 세든 빠르게 세든 상관없이 천을 셌을 때 도착한 곳이 내가 머물 곳이라고 했지. 꼭 그곳에서 머물러야 하는 게 룰 중의 하나야.'

이곳은 설이가 살고 있는 세상이다. 설이가 어디에 있을지 날마다 궁금해했었다. 설이가 있는 세상에 내가 있다는 것, 설이와 같은 하늘을 이고 있다는 것만으로도 떨리고 설렜다.

"하나, 둘……."

나는 숫자를 세기 시작했다. 공원에서 나와 큰 나무가 서 있는 길을 따라 걸었다. 길을 건너 건물 사이로 난 골목을 지나고 과일과 채소들을 진열해놓은 가게를 지났다. 팔백을 세었을 때 음식 냄새가 가득한 골목이 나타났다. 골목을 따라 계속 걸었다. 고소하고 달콤하고 새콤한 냄새였다.

"천!"

마지막 천을 세었을 때, 나는 넝쿨이 담을 타고 오르는 이층집 앞에 서 있었다. 이층집 앞에는 작은 마당이 있었고 작은 마당 한쪽에는 꽃밭이 있었다. 꽃밭에는 잡초와 꽃들이 뒤엉켜 있었다. 이층으로 올라가는 계단은 나무 판으로 막혀 있었다. 전체적으로 낡은 집이었다. 나는 일층 유리문 앞에 섰다. 유리에 먼지가 뿌옇게 앉아 있었다. 손바닥으로 먼지를 문지른 다음 눈을 가늘게 뜨고 안을 살펴봤다. 탁자와 의자가 보였다.

나는 문을 살짝 당겼다. 끼이이익! 쇠 긁는 소리를 내며 문이 힘겹게 열렸다. 퀴퀴한 냄새가 와락 안겼다. 오랫동안 갇혀 있던 냄새였다.

'빈집인가?'

인기척은 고사하고 사람의 온기조차 느껴지지 않았다. 탁자와 의자 그리고 안쪽으로 주방이 보였다. 식당이었던 모양이다.

"계세요?"

빈집인 것은 분명하지만, 그래도 확인부터 했다. 계세요오오오오, 내 목소리가 메아리가 되어 돌아왔다.

"이층도 비어 있나?"

나는 밖으로 나와 계단을 막은 나무 판을 치우고 계단을 올라갔다. 이층 현관문은 굳게 잠겨 있었다.

"낡고 낡은 빈집. 이제 여기서 뭘 어떻게 해야 하지?"

만호는 천을 세고 도착한 곳이 머물 곳이라는 말만 했지, 그곳에서 어떻게 살아야 할지는 설명해주지 않았다. 다만 자신은 거래를 하면서 단 한 번도 신뢰를 깬 적이 없다고 했다. 원하는 바를 꼭 이룰 수 있도록 보이지 않는 곳에서 최선을 다해 도와준다고 했다. 걱정하지 말라고도 했다.

"식당을 시작해볼까?"

이곳에 머물게 된 것에는 만호의 큰 뜻이 숨어 있을 거라는 생각이 들었다. 만호의 말을 듣다 보면 만호가 사는 세상에는 룰이라는 게 꽤 많았다. 룰을 다 밝힐 수 없다는 말을 만호가 한 적이 있었다. 미리 머물 곳을 밝혀서는 안 되는 것도 룰일 수 있다. 음식 만드는 걸 좋아하는 나에게 음식을 만들 수 있는 기회를 준 것은 만호의 배려일 수도 있다.

일층으로 내려와 창문이란 창문은 모두 다 열어젖혔다. 먼지를 털어내고 닦고 쓸며 대청소를 했다. 주방 옆에 방이 하나 있었다. 좁기는 했지만 혼자 지내기에 크게 불편하지는 않을 거 같았다.

식당 안과 방 그리고 화장실 청소를 마치고 주방 청소를 시작했다. 빈집이었지만 신기하게도 냉장고 안에는 싱싱한 음식 재료들이 가득 차 있었다. 냉동실 문을 열고 게를 본 순간 '아, 만호!' 하고 감탄했다. 설이를 찾아내기 위해 게는 꼭 필요한 재료였다. 만호의 세심함이 느껴졌다.

재료가 떨어졌을 때 주문하는 전화번호가 냉장고 문에 적혀 있었다. 냉장고 안을 청소하고 조리 기구들도 닦았다.

청소를 마치고 의자에 앉아 창밖을 내다봤다. 한적한 길에는 오후 햇살이 뜨겁게 내리쬐고 있었다.

"꼭 설이를 만날 수 있겠지."

설이가 어떤 모습으로 살아가고 있을지 궁금했다. 설이를 보는 순간 '아, 설이다!' 하고 알아볼 수 있을까? 제발 그럴 수 있기를!

'내가 죽었을 때 설이는 어땠을까?'

갑자기 가슴 저 깊은 곳에서 파도 소리가 들렸다. 설이가 받았을 충격, 설이가 잠겼을 절망과 슬픔의 늪이 얼마나 깊었을지 고스란히 느껴졌다. 나는 저릿해진 가슴을 꾹꾹 눌렀다.

그날 나는 죽었다. 정확히 말하면 그날 병원으로 옮겨졌고 다음 날 새벽에 죽었다. 죽어서 망각의 강을 건넜다. 이승과 저승을 가로지르는 망각의 강을 건너면 이승에서의 기억은 다 지워진다고 했다. 하지만 나는 기억이 지워지지 않았다. 지워지기는커녕 날이 갈수록 더 또렷해졌다. 설이를 생각할 때마다 마음이 아팠다. 설이를 꼭 다시 만나고 싶었다. 설이를 만나서 해야 할 말이 있었다. 그리고 설이와의 약속을 꼭 지켜야 했다.

"메뉴를 뭐로 할까? 일단 메뉴를 정하는 게 급한데."

제일 먼저 머릿속에 떠오른 음식은 '비밀병기'였다. 끓는 우유에 버터를 녹여 그걸로 반죽한 밀가루를 뜨거운 프라이팬에 얇게 펴서 구운 다음 나와 설이만 알고 있는 재료를 넣어 돌돌 말아 노릇노릇하게 구워주면 완성이다. 주방을 써도 좋다는 허락을 받아내면 나와 설이는 항상 비밀병기를 만들었다. 비밀병기를 만드는 날이면 설이는 나에게 고급스러운 식당의 고급스러운 요리사가 되라고 했다.

"나는 고급스러운 게 좋아."

설이가 자주 하던 말이었다. 설이는 자신이 찌질해서 싫다고 했다. 고급스러운 아이가 되고 싶다고 했다. 설이가 말하는 고급스러운 아이가 어떤 아이인지는 정확히 몰라도, 내 눈에는 설이가 설이인 것만으로도 고급스럽게 보였다. 나는 설이를 위해 고급스러운 식당의 고급스러운 요리사가 되겠다고 결심했었다. 고급스러운 요리사가 어떤 것인지 정확히 알지 못했지만, 설이가 원하는 대로 되고 싶었다.

메뉴
• 비밀병기 • 살살말랑 • 파와 감자가 사랑에 빠질 때(파감로맨스)

메뉴를 적어 벽에 붙이고 물끄러미 바라봤다.

파와 감자가 사랑에 빠질 때(파감로맨스)

파감로맨스는 미완성 요리다. 죽지 않았다면 파감로맨스를 완성했을 거다. 나는 설이를 위해서 파감로맨스를 꼭 완성하고 싶었다.

나는 밖으로 나왔다. 식당 간판이 없었다. 식당 이름을 정하는 데는 얼마 걸리지 않았다.

나는 종이에 '약속 식당'이라고 써서 유리문에 붙였다. '약속'이라는 말을 몇 번 되뇌자 울컥해졌다.

사람이 사라진 집

끼이이익.

쇠 긁는 소리를 내며 문이 열렸다. 비바람이 식당 안으로 세차게 몰아쳤다. 탁자 위에 곱게 접어 꽂아둔 냅킨이 사방으로 날아갔다. 비바람을 몰고 들어온 사람은 짧은 쇼트커트 머리에 보글보글도 아닌 뽀글뽀글 파마를 한 중년의 여자였다. 얼핏 보아 50대 후반 정도로 보였다.

"전세? 아니면 월세? 설마 이 집을 산 건 아니겠지?"

여자는 메뉴판은 거들떠보지도 않고 의자에 걸터앉으며 물었다. 전세도 아니고 월세도 아니고 산 것은 더더욱 아니며 그냥 지나가는 길에 눌러앉아 식당을 시작했다는 말은 할 수 없었다. 나는 빙긋 웃는 걸로 대답을 대신했다.

"대체 청소를 어떻게 했기에 식당 안이 번쩍번쩍 광이 나네. 그런데 말이야……. 그건 알고 있지?"

"뭘요?"

"이 집에는 비밀이 있거든. 부동산에서도 절대 그 비밀을 감추고 거래할 수 없었을 거야. 그럼, 그럼. 그랬다가는 큰일 나지. 그건 엄연히 사기지."

나는 비밀이라는 말에 앞치마 끈을 매던 손을 멈추고 여자의 얼굴을 빤히 바라봤다.

"그 표정은 뭐야? 설마 이 집에 대해 모른다는 뜻이야? 이층! 이층에 대해서 몰라?"

"모르는데요."

"일층만 세 얻은 거구나? 단기로 월세 얻은 거지?"

"그렇다고 할 수 있지요."

"그래도 그렇지, 부동산에서 수수료 받으면서 일을 하는 거면 이층에 대해 설명은 해주어야지. 하긴 다 설명하고 비밀을 까발리면 단기든 장기든 세를 얻으려는 사람은 없을 테지. 당장 부동산에 찾아가 따져. 도로 수수료 달라고 해."

여자는 꼭 자기 일처럼 흥분했다.

"괜찮아요."

나는 단호하게 말했다. 남의 일에 깊은 참견은 사절이라는 뜻이다. 이 집이 어떤 비밀을 갖고 있는지 나하고는 크게 상관없다. 만호는 뜻이 있어서 나를 이곳에 머물게 했을 테니까.

"흠, 알고 계약했구나? 사는 사람이 괜찮다는데 내가 더 이상 말할 필요는 없지. 그런데 여기 뭐 파는 식당이지?"

여자가 그제야 벽에 붙여놓은 메뉴판을 바라봤다.

"나중에 와서 먹어볼게. 오늘은 어떤 사람이 이곳에서 식당을 시작했는지 보려고 온 거거든. 금방 밥을 먹고 왔더니 지금은 아무리 맛있는 것이어도 안 들어갈 거 같아서 말이야. 청소 솜씨를 보니 꽤 야무지겠고 음식도 깔끔하게 잘할 거 같아. 그럼 나중에 봐."

자리를 털고 일어난 여자는 다시 한번 식당 안을 둘러본 다음 돌아갔다.

여자가 돌아간 뒤 얼마 지나지 않아 쇠 긁는 소리와 함께 문이 열렸다. 웬 아이였다. 비 맞은 머리에서 빗물이 떨어졌다. 얼핏 보아 일고여덟 살 정도 되어 보였다. 나와 눈이 마주친 아이는 소스라치게 놀라는 표정이었다. 그러더니 "어, 진짜네?" 비명을 지르듯 한 마디 내뱉고는 문을 닫고 가버렸다.

'뭐야. 여기 진짜 이상한 곳인가?'

문득 이 집의 비밀이 궁금해졌다.

비바람은 어느 순간 뚝 멈췄다. 하늘은 맑고 파랗게 개었다.

나는 식당 밖으로 나와 멀찌감치 떨어져서 이층집을 바라봤다. 낡은 집은 을씨년스러운 분위기를 한껏 뿜어냈다.

"저 넝쿨과 화단의 잡초가 그런 분위기를 풍길 수 있어."

나는 화단의 잡초를 뽑기 시작했다. 금세 바지가 엉망이 되었다. 잡초는 뽑아도 뽑아도 끝이 없었다. 허리가 끊어져나갈 거 같았다. 잡초를 정리하고 일층 화단에서 이층 벽을 타고 올라가는 넝쿨을 걷어내려고 했지만, 줄기가 얼마나 튼튼하고 질긴지 내 힘으로는 역부족이었다. 어쩔 수 없이 줄기는 그냥 두기로 했다. 대신 산발한 머리 같은 잎을 정리했다. 들쑥날쑥 튀어나와 작은 잎들의 생존을 위협하는 큰 잎을 잘랐다. 잡초를 뽑고 넝쿨을 정리하자 집 분위기는 한결 달라졌다.

안으로 들어와 잠시 쉬고 있을 때 쇠 긁는 소리와 함께 아까 그 아이가 들어왔다.

"아줌마."

"아줌마?"

나는 아이 말에 식당 안을 둘러봤다. 나와 아이 외에는 아무도 없었다.

"아줌마, 궁금해서 못 참겠어요. 왜 여기에서 식당을 해요? 여긴 사람들도 무서워서 잘 안 와요. 여기에 누가 밥을 먹으러 오겠어요? 그리고 아줌마는 안 무서워요?"

이 아이가 왜 자꾸 나한테 아줌마라고 하는지 알 수 없었다. 여기는 거울이 없나? 거울을 좀 봐야겠는데. 나는 죽고 나서도 죽기 전 내 모습으로 지냈다. 만호는 내가 너무 어린 나이에 죽었다며 안타까워했었다. 그런데 아줌마라니! 이기로 오면서 내 모습에 뭔가 변화가 생긴 것 같았다. 나는 손가락으로 얼굴을 더듬었다. 손가락 끝에 느껴지는 감촉만으로 얼굴을 상상하기는 힘들었다.

“이 집에서 사람들이 사라졌어요. 어느 날 갑자기.”

아이가 마른침을 꼴깍 삼키며 말했다.

“사람이 사라져?”

“예. 우리 엄마 말로는 흔적도 없이 사라졌대요. 안 무서워요?”

“사람이 사라졌다는 말은 처음 들어본다. 그런데 있잖니. 내가 아줌마로 보이니? 혹시 너 거울 있니?”

“거울은 없고요. 뭘 보려고요? 휴대폰 카메라로 보면 되는데.”

아이가 휴대폰을 내밀었다. 나는 내 모습을 확인하는 순간 비명을 지를 뻔했다. 마흔 살도 넘어 보이는 여자가 화면 안에 있었다.

“맙소사.”

황당하고 당황스러웠다. 절망적이기도 했다. 나는 원래 내 모습으로 설이를 만난다고 생각했고 그걸 의심하지 않았다. 설이도 나와 함께 살았던 그 세상에서는 이미 죽었고 다른 세상에 태어났으니, 내가 기억하는 모습이 아닌 다른 모습이 되어 있을 거다. 하지만 그래도 나는 예전 모습으로 설이를 만나고 싶었고 설이도 예전 모습으로 내 앞에 나타나기를 바라고 있었다. 내가 죽은 것은 열일곱 살 때였고 그때 설이는 열여섯 살이었다. 나는 유채우였고 설이는 한설이었다.

아이는 머리를 감싸고 괴로워하는 내 눈치를 보더니 조용히 돌아갔다.

나는 방에 누워 멍하니 천장을 바라봤다. 어쩌다 이

런 모습이 되었는지 서글픔이 밀려왔다. 물론 내가 설이를 만났을 때 내가 유채우임을 밝힐 수 없고(밝힌다고 해도 설이는 전생을 기억하지 못하기 때문에 나를 알아볼 수 없겠지만), 나를 밝힐 수 없다면 아줌마 모습이든 아저씨 모습이든 전혀 상관없는 일이었다. 설사 할머니 모습이라도 문제 될 것은 없었다. 그걸 알면서도 서글펐다. 두 손으로 얼굴을 문지르는데 손바닥이 눈에 들어왔다. 도장 한쪽 부분이 지워져 있었다. 정신이 번쩍 들었다.

'이러고 누워 있을 시간이 어디 있어? 어떤 모습으로든 설이를 만나면 되는 거야. 좀 아쉽기는 하지만, 내 힘으로 어쩔 수 없는 일이야. 어쩔 수 없는 일을 붙잡고 시간을 보낼 수는 없어.'

나는 자리를 박차고 일어났다.

"사람을 오게 만들어야 해. 사람이 사라진 괴이한 집이라는 이미지를 확 바꿔야 해. 그렇게 하려면 어떻게 해야 할까?"

곰곰이 생각한 결과 우중충한 분위기를 바꾸는 게 제일 급하다는 결론을 내렸다. 일단 분위기를 바꾸고 난 다음 따뜻한 음식 냄새를 풍기면 사람들이 찾아올 거다. 나는 청소할 때 화장실 옆에서 본 페인트 통을 떠올렸다. 우중충한 분위기를 단박에 바꿀 수 있는 것은 페인트칠이었다.

페인트 다섯 통 중에서 세 통은 딱딱하게 굳어서 쓸 수 없었다. 파란색과 노란색도 멀쩡하지는 않았지만 그런대로 쓸 수는 있었다.

"봐, 날씨도 도와주고 있어. 비에 젖은 벽도 바짝 말랐을 거야."

나는 밖으로 나가 이층집을 바라봤다. 일층 앞은 거의 통창으로 되어 있고, 문도 유리문이라 페인트는 칠할 필요가 없고……. 을씨년스러운 분위기를 확 바꾸기 위해서는 계단을 화사하게 바꾸는 게 좋을 거 같았다. 나는 계단을 깨끗하게 쓸고 마른걸레로 열심히 닦아낸 다음 반은 파란색, 반은 노란색으로 페인트칠을 하기 시작했다.

페인트를 다 칠하고 나니 해가 뉘엿뉘엿 지고 있었다. 붉은 햇살을 받은 이층집은 다른 집 같았다. 집 분위기가 달라지자 마음도 환해지는 듯했다.

창문을 활짝 열어놓고 비밀병기를 만들기 시작했다. 고소한 버터 냄새가 퍼졌다. 나는 비밀병기를 만들고 또 만들었다. 옆에 설이가 서 있는 듯했다. 고소하고 따뜻한 버터 냄새를 킁킁거리고 맡으며 설이가 환하게 웃고 있는 거 같았다. 얼마 후 창밖을 내다봤을 때는 밤이었다. 비밀병기 냄새를 타고 사각사각 달빛이 부서져 내리고 있었다.

눈을 번쩍 떴을 때 밖은 이미 환했다. 식당에는 고소한 버터 냄새가 은은하게 깔려 있었다. 나는 만들어놓은 비밀병기를 접시에 담아 탁자로 갔다. 비밀병기는 따뜻할 때 먹어야 맛을 제대로 느낄 수 있다. 이미 식을 대로 식은 비밀병기를 한 입 베어 물었다. 버터와 어우러진 우유맛 그리고 나와 설이만의 비밀스러운 재료의 맛이 입 안 가득 퍼졌다. 아득히 먼 길을 돌고 돌아 집으로 돌아온 것 같은 따뜻함도 같이 퍼졌다. 왈칵 눈물이 났다. 나는 손바닥을 펴 도장을 확인했다. 눈에 띄는 정도는 아니지만, 도장 자국이 어제보다 조금 더 사라졌다.

페인트칠은 대성공이었다. 초가을의 맑은 햇살을 받은 계단은 을씨년스러운 모습을 벗어던지고 새로운 모습이 되어 있었다. 잡초를 뽑은 화단의 꽃들도 더욱 화사해 보였다.

"일찍 문을 열었네."

그때 어제 왔던 여자가 왔다.

"밤에 별일 없었나?"

여자는 내 얼굴을 뚫어져라 바라봤다.

"밤에 나에게 무슨 일이 생겼길 바라세요?"

나는 여자를 똑바로 보며 말했다. 사람들의 호기심이 무럭무럭 자라게 만들어서는 안 된다. 쓸데없는 호기심이 내 귀중한 시간을 갉아먹을 수 있다. 이 집에 어떤 비밀이 있든 어떤 환경이든 꿋꿋하고 씩씩하다는 걸 처음부터 보여주는 게 중요했다.

"어머나! 무슨 말을 그렇게 해? 나는 걱정이 되어서 그러는 거지. 이 집에 무슨 비밀이 있는지 알면 깜짝 놀랄걸. 동생 같아서 이런 말을 해주는 거야."

여자가 팔짝 뛰며 말했다. 동생이라는 말에 손발이

오그라드는 거 같았다.

“실종 사건이요? 사람들이 집에서 사라졌다면서요?”

나는 시큰둥하게 말했다.

“알고 있었어? 알고 있는데도 어쩜 그렇게 태연하고 덤덤해? 그저 그런 실종 사건이 아니야. 온 가족이 연기처럼 사라졌어.”

“아무튼 저는요, 어젯밤에 아무 일 없이 아주 꿀잠을 잤어요. 그런데요, 진짜 궁금해서 그러는데요.”

“응? 으응, 물어봐. 아는 건 다 말해줄게.”

여자의 눈빛이 반짝 빛났다. 그래, 무슨 일이 있었지? 무슨 일이 없을 수가 없지. 무슨 일인데? 얼른 말해봐, 여자의 눈은 그렇게 말하고 있었다.

“어제부터 왜 반말하세요? 만나자마자 반말이잖아요. 반말이 하고 싶으면 상대에게 반말해도 되느냐고 물어보고 하든가요.”

솔직히 어제는 그러려니 하고 넘어갔다. 나는 내가 열일곱 살 모습으로 이곳에 온 줄 알았다. 내 성별도 바뀌고 나이도 바뀐 줄은 꿈에도 몰랐다. 열일곱 살 정도로 보이니 반말을 하는 줄 알았었다.

“나보다 나이가 적잖아. 그럼 뭐 반말할 수도 있는 거지, 그걸 가지고 따지고 그래? 내가 보기에는 동안으로 보여도 나이가 많아. 쉰아홉 살이라고.”

“쉰아홉 살로 보여요. 절대 동안 아니에요. 앞으로는 오다가다 여기에 들르지 마세요. 음식을 먹고 싶을 때만 오시라고요. 여기는 놀이터나 공원이 아니라 식당이에요, 식당."

"누가 식당인 거 몰라? 걱정해주는데 고맙다는 말은 못할망정 싸가지 더럽게 없네. 내가 성질 같아서는 이런 말까지 해주고 싶지 않은데 말이야. 다시 한번 말하지만 실종 사건도 그저 그런 실종 사건이 아니야. 가장 중요한 것은 지금도 이층에 누군가가 살고 있다는 거지. 그 누군가가 누굴까? 힌트! 사람은 아닐 거 같지 않아?"

"예? 이층에 누가 산다고요?"

"그래. 중요한 정보를 알려주는데 뭐? 놀이터도 공원도 아니라고? 아휴, 아침부터 재수 없어."

여자는 온갖 인상을 다 쓰고 나를 흘겨보더니 휙 돌아섰다. 아침부터 재수 없는 건 나다. 저 여자 때문에 재수 없어서 오늘은 설이를 못 만날 거 같은 불길한 예감이 들었다.

"살긴 누가 살아? 인기척이라고는 아예 없는데."

나는 주방에서 소금을 가져와 문 앞에 휙 뿌렸다. 그러면서 스스로 놀랐다. 재수 없다고 소금을 뿌리는 건 사무실 누나가 자주 하던 행동이었다. 사무실 누나는 후원을 한답시고 찾아와 아이들을 불러 모아 떼로 몰고 다니며 인증샷 찍는 사람들을 제일 싫어했다. 사진을 찍으며 아이들에게 웃어라, 브이 자를 해라, 하트를 만들어라, 온갖 주문을 다 하고 나서는 라면이나 과자 몇 상자만 던져놓고 사라지는 그런 사람들을 저주했다. 그런 사람들이 보육원 문을 나서면 사무실 누나는 문밖에 굵은소금을 확확 뿌렸다. 당시 그 누나는 삼십대 후반으로 아들이 둘 있는 아줌마였다. 그래도 사무실 누나는 사무실 아줌마로 불리는 것보다, 사무실 부장님으로 불리는 것보다 사무실 누나, 사무실 언니로 불리는 걸 좋아했다. 어느 날인가 나는 사무실 누나에게 왜 소금을 뿌리냐고 물어봤다. 사무실 누나는 재수 없는 사람이 다녀가면 재수 없는 기운을 몰고 올 테고, 그 기운을 내쫓는 데는 소금이 최고라고 말했다. 사무실 누나는 나중에 죽어서 다음 생에 다시 사람으로 태어나면 부자가 되고 싶다고 했다. 부자가 되면 적어도 찌질하고 쪼잔한 부자는 되지 않을 거라고 했다. 웃고 싶지 않은 아이들에게, 하트를 만들고 싶지 않은 아이들에게, 브이 자를 그리고 싶지 않은 아이들에게 오직 사진만을 위해 그런 걸 주문하는 부류의 부자는 절대 되지 않을 거라고 했다. 문득 사무실 누나가 궁금해졌다. 사무실 누나도 죽었을까? 그렇다면 바라던 대로 다음 생에 사람으로 태어났을까? 사람으로 태어났으면 통 큰 부자가 되었을까? 어쩐지 사무실 누나는 자신이 바라던 대로 되었을 거 같았다. 그런 확신이 들었다.

'지금 아줌마 모습을 하고 있어서 나도 아줌마의 기질이 나타나는 건가? 갑자기 생뚱맞게 왜 소금을 뿌려?'

피식 웃음이 났다.

미완성 요리, 파감로맨스

눈이 부시도록 하얀 자동차가 마당에 주차를 했다. 하늘색 셔츠와 베이지색 바지를 입은 키 큰 남자가 자동차에서 내렸다. 남자는 페인트칠을 한 계단을 신기한 듯 바라보더니 문을 열고 들어왔다.

"안녕하세요. 페인트칠을 하니까 완전히 다른 집 같아요. 화단도 정성껏 정리하셨더라고요. 어수선했던 넝쿨도 정리가 되었고."

자동차에서 내려 계단만 본 줄 알았는데 그 짧은 시간에 많은 것을 봤다. 변화를 금세 알아차리는 걸 보니 이곳을 자주 오가는 사람 같았다. 남자는 식당 안을 둘러봤다.

"약속 식당이라는 이름도 기가 막힐 정도로 안성맞춤이에요. 여기가 삼거리거든요. 세 군데서 오는 사람들이 약속을 해서 만나기 좋은 곳이지요."

남자는 주방에서 제일 가까운 자리에 앉았다.

"비밀병기? 음식 이름이 재미있고 특이하네요. 비밀병기 하나 주세요."

비밀병기라는 말에 긴장했다. 만호 말에 의하면 다음 생에 태어났으면 전생의 기억은 다 잊었을 거라고 했다. 만호 말대로라면 설이는 비밀병기를 기억하지 못할 거다. 그런데 참 이상하게도 다른 사람 입에서 비밀병기라는 말이 나오는 순간 설이가 비밀병기를 온전히 기억하지는 못하더라도 파편처럼 조각난 기억 정도는 가지고 있을지도 모른다는 생각이 들었다. 하지만 설이가 남자의 모습으로 내 앞에 나타나는 것은 솔직히 상상해본 적 없었다. 설이는 원래의 설이와 비슷한 모습으로, 나는 유채우의 모습으로 만나는 상상을 했고 그런 그림을 그렸었다. 그 그림 중에 하나는 이미 와장창 깨졌지만.

"혹시 비밀병기를 드셔본 적은 있으세요?"

나는 남자의 얼굴을 바라보며 물었다.

"아니요. 처음이에요."

다행이었다. 나머지 그림도 와장창 깨질까 봐 두려웠는데.

"혹시 게 알레르기가 있나요?"

나는 게살을 조금 떼어 넣으며 남자에게 물었다.

"아니요. 저는 무얼 먹어도 괜찮아요. 이곳에 식당이 생긴 걸 보고 정말 기뻤어요. 그동안 이 집으로 인해 동네 자체가 무거운 공기에 눌려 있었거든요. 부동산에서 거래를 하면서 이미 알게 되셨을 테니 말씀드려요. 아이들은 이 앞길을 피해 먼 길로 돌아서 학교에 가요. 이 앞길로 곧장 가면 훨씬 가까운데도 말이지요."

나는 숨을 죽이고 남자의 말을 들었다.

"세상에는 수많은 사람들이 살아가고 있고, 언제 어느 때 어디에서 어떤 안 좋은 일이 생길 수도 있잖아요. 하지만 대부분의 사람들은 나와 내 주변 사람들은 그런 일에 관련이 없을 거라고 여기며 살아가지요. 그런 착각 때문에 이 집에서 생긴 일은 아이들에게 더 큰 충격으로 다가왔을 거예요. 같은 교실에서 함께 공부하고 떠들고 놀던 같은 학교, 같은 반 아이에게 생긴 일을 뉴스에서 보는 일 정도로 무심히 넘길 수는 없을 테니까요. 그 일로 인해 아이들이 계속 불안에 떠는 건 지켜보기 힘든 일이에요. 저번에는 2학년 중에 어떤 아이가 밤중에 이 앞으로 지나갔다가 저주를 받았다고 한바탕 난리가 났었어요."

"저주요?"

생각보다 이 집의 비밀은 심각한 수준이었다. 저주라는 말까지 나오는 걸 보면 말이다.

"예. 시험 기간이었는데 학교에서 공부하던 아이가 집으로 돌아가던 길이었지요. 비가 추적추적 내리던 날이었어요. 배도 고프고 우산도 없고 빨리 집에 가고 싶었겠지요? 그래서 두 눈 질끈 감고 이쪽 길을 택했던 거죠. 그런데 이 집 앞을 지나갈 무렵 누가 부르더래요. 계단에서 말이지요. 아이는 뭐에 홀린 듯 계단 쪽으로 갔대요. 그런데 아무도 없는 거예요. 목소리는 계속 들리고 아이는 목소리만 따라다니다 어느 순간 정신이 번쩍 들었는데 글쎄, 자신이 집 뒤꼍에서 쪼그리고 앉아 있더래요. 다음 날 시험을 완전 망쳤어요. 공부를 제법 하는 아이인데 거의 백지를 냈어요. 저주를 받아서 그렇다는 말이 학교에 돌았어요. 사장님은 믿으세요?"

남자가 물었다.

"저주니 뭐니 그런 거 믿으시냐고요? 물론 믿지 않으니까 이 집에서 식당을 시작하셨겠지만요. 그런 걸 믿으면 여기에 머물기 쉽지 않지요."

남자는 내가 대답하기 전에 자기 스스로 결론을 내렸다.

"잘 보셨습니다. 믿지 않아요. 자, 비밀병기 나왔습니다."

나는 비밀병기 세 개를 접시에 담아 주스 한 잔과 함께 탁자 위에 내려놨다.

"냄새 죽이는데요?"

남자가 코를 킁킁거렸다.

"맛도 죽인다는 말을 들었으면 좋겠습니다. 널리널리 소문을 내주신다면 더 좋고요."

나는 두 손을 공손히 앞으로 모으고 말했다.

비밀병기를 한 입 베어 문 남자의 눈이 휘둥그레졌다. 남자는 엄지손가락을 치켜올렸다.

"맛도 죽여요. 이거 완전 대박이에요. 아이들이 엄청

좋아할 맛이군요. 저는 저쪽 언덕 위에 있는 중학교 체육 교사예요. 이거 아이들이 맛보면 초히트 치겠는데요. 제가 광고 확실히 해드릴게요. 저는 이 식당이 아이들의 간식 아지트가 되었으면 좋겠어요. 그래서 이 집의 안 좋은 소문에 대해 아이들이 모두 잊었으면 좋겠어요."

"저도 그랬으면 좋겠습니다."

진심이었다. 되도록 빨리 그런 소문이 없어져야 사람들이 식당에 찾아올 테고, 사람들이 많이 찾아와야 설이를 만날 수 있다.

"솔직히 말입니다."

남자가 목소리를 낮췄다.

"이건 그냥 제 생각이고 또 희망 사항일 뿐입니다. 솔직히 이층에 살던 가족이 아무도 몰래 집을 떠났을 수도 있는 거 아닙니까? 그런데 왜 다들 바람처럼 흔적 없이 집에서 사라진 거라고 믿는지 모르겠어요. 물론 경찰이 수사를 하면서 지인들을 통해 행적을 다 알아봤을 테고, 이 집에 살던 가족을 봤다고 말하는 사람은 아무도 없었지만요. 와, 먹으면 먹을수록 더 맛있는데요."

남자는 비밀병기 세 개를 눈 깜짝할 사이에 해치웠다. 그러고는 아쉬운 듯 입맛을 몇 번 다신 다음 자리에서 일어났다. 남자는 다시 오겠다고 말하고 문을 열고 나갔다.

체육 교사라고 하더니 뒷모습도 체육 교사다웠다.

셔츠 밖으로도 근육질의 몸매가 느껴졌다.

'내 몸도 그럴듯했는데. 키 178센티미터에 67킬로그램. 아침마다 했던 팔굽혀펴기 삼백 번으로 다진 이두박근, 삼두박근이 끝내줬는데…….'

나는 유리문에 몸을 비춰봤다. 어림짐작으로 키 160센티미터, 아니지, 무슨 160센티미터? 150센티미터 겨우 넘겠다. 몸무게는 적어도 70킬로그램 정도는 되어 보였다. 만호는 알고 있었을까. 내가 이런 모습으로 주어진 시간을 살게 되었다는 것을. 알고 있었다면 귀띔이라도 해주지. 어느 정도 정보를 알고 있었다면 이 정도로 놀라고 실망하지는 않았을 텐데. 아, 그렇다고 해서 만호를 원망하는 거는 아니다. 만호가 아니었다면 설이를 만난다는 꿈도 꾸지 못했을 테니까.

두 번째 손님은 그 아이였다.

"돈 갖고 왔어요. 사 먹으러 왔다고요."

아이는 의기양양한 표정으로 탁자 앞에 앉았다.

"살살말랑이요."

"너 혹시 게를 먹으면 막 두드러기 나고 가렵고 눈이 벌겋게 충혈되는 증상 같은 거 있냐?"

"아니요."

"다행이다."

나는 게살을 조금 떼어 섞었다. 사람들은 자신에 대해 잘 모르는 부분이 있다. 게 알레르기가 없다고 생각했는데 의외로 있을 수도 있다.

아이는 콧구멍을 살살 쑤시며 살살말랑이 어떤 음

식이냐고 물었다. 입에 넣으면 말랑말랑, 쫄깃쫄깃한 맛을 내다가 어느 순간 녹는다고 살살말랑에 대해 설명했다. 그러자 비밀병기는 어떤 음식이냐고 물었다.

"고소하고 입에 착착 달라붙는 맛."

"파감로맨스는요?"

나는 얼른 대답하지 못했다.

"나중에 돈 생기면 다 먹어봐야지."

아이가 말했다.

"그런데요. 이 집에서 잠자는 거예요? 아니면 낮에는 장사하고 밤에는 집에 가는 거예요?"

"여기서 잠도 자. 너 혹시 이 집에서 일어난 사건에 대해 자세히 알고 있니?"

순간 아이 표정이 확 변했다. 아이는 내 말에 대답하지 못하고 안절부절못했다.

"우리 누나가 되게 못됐거든요."

그러더니 뜬금없는 말을 했다.

"저기 저쪽에 잔디밭이 있어요. 공터예요. 얼마 전에 거기에서 우리 누나랑 우리 누나가 좋아하는 형이랑 공 던지기를 하고 놀았어요. 진짜 유치하지요. 중학교 3학년이나 되었으면서 공을 툭툭 던지고 받는 놀이를 하며 놀다니요. 아줌마는 이해되세요?"

이해 안 될 건 또 뭐람. 중학교 3학년은 공을 던지고 놀면 안 된다는 법이 있다면 또 모를까.

"말도 마세요. 공 던지고 받고 또 던지고 또 받고, 그 놀이를 두 시간이 넘게 하는 거예요. 제가 학원에 갈 때도 그러고 있었는데 학원에서 돌아올 때도 그러고 있더라니까요. 그런데 누나가 좋아하는 형이 던진 공이 이쪽을 향해 날아갔어요. 와, 나는 그 형 팔 힘이 그렇게 좋은지 몰랐다니까요. 이층으로 올라가는 계단 있잖아요, 거기가 원래 나무 판으로 가려져 있었는데 쌔앵 날아간 공이 그 안으로 쏙 들어간 거예요. 그런데 우리 누나가 저보고 공을 주워오라는 거예요. 그 형이 던졌으니까 던진 사람이 주워오는 게 맞는 거잖아요."

"던진 사람이나 같이 놀던 사람이 주워오는 게 맞지. 싫다고 하지 그랬냐?"

"그런 말 못 하지요."

"왜?"

"우리 누나 성격이 더럽거든요. 자기 마음에 들지 않으면 달려들어서 얼굴부터 할퀴어요. 얼마나 무서운데요."

"얼굴을 할퀸다고? 중학교 3학년이?"

"네, 그래서 저는 정말 걱정이 많아요."

내가 제 편을 들어준다는 생각이 들었는지 아이의 목소리가 촉촉해졌다.

"우리 누나가 초등학교 3학년 때 솔로 선언을 했거든요."

"솔로 선언?"

"혼자 살겠다고 선언하는 거요. 절대 결혼을 하지 않겠다고 선언했어요. 하지만 연애는 되도록 많이 하겠대요. 누나가 결혼을 하지 않으면 계속 우리 집에 사는 거잖아요? 그래서 걱정이에요."

아이는 걱정을 늘어놓으면서 자신의 계획도 말했다. 중학교부터는 기숙사가 있는 학교에 가고 싶다고 했다. 그러면서 나에게 기숙사가 있는 중학교에 대해 아는 게 있느냐고 물었다. 모른다고 하자 얼굴에는 실망의 빛이 역력했다.

"살살말랑 나왔다."

나는 살살말랑을 담은 접시를 탁자 위에 올려놨다.

아이는 살살말랑 하나를 입에 넣고 우물거렸다. 이쪽으로 씹고 저쪽으로 씹으면서 잠시 뭔가를 생각하는 눈치였다. 얼마 후 꼴깍 소리와 함께 아이가 엄지손가락을 치켜올렸다.

"아참, 그래서 공을 주우러 이 집에 왔었거든요."

아이가 잠시 잊고 있었던 말을 이어갔다.

"컴컴한 마당을 지나 계단으로 가는데 계단을 막은 나무 판이 높은 거예요. 아줌마도 한번 보세요. 제 키가 되게 작잖아요. 2학년치고 엄청 작은 편이에요."

일곱 살이나 많아봤자 여덟 살로 봤는데, 아홉 살이라면 나이에 비해 키가 작았다.

"나무 판을 넘다 실패했거든요. 나무 판을 옆으로 옮기는 게 낫겠다고 생각했어요. 그래서 나무 판을 이렇게 드는데…… 누가 같이 나무 판을 들어주는 거예요. 얼른 옆을 쳐다봤는데 그 형이었어요. 그 형은 금세 계단 위로 올라가서 나한테 손짓을 했어요. 계단을 올라오라는 뜻 같았어요. 너무 놀라고 무서워서 뒤도 안 돌아보고 도망갔어요."

"그 형이 누군데? 너희 누나랑 공 던지고 놀던 형?"

"아니요."

"그럼?"

"그 형이요. 와, 이거 진짜 맛있다. 헉, 어두워지고 있어요. 얼른 가야지. 아줌마, 조심하세요."

아이는 자리를 털고 일어났다.

"친구들한테 여기 맛있는 거 판다고 말해줄게요. 아, 전단지 만들어서 돌려요. 저기 지하철역하고 쇼핑센터 앞에서 전단지 돌리는 사람 되게 많아요. 아줌마도 거기 가서 돌려요. 그럼 사람들이 많이 올 텐데. 이 동네에 살지 않는 사람들은 이 집에 대해 잘 모를 테니까 많이 올 거예요."

나는 밖으로 나왔다. 이층집이 서서히 어둠에 잠기고 있었다. 나는 천천히 계단을 올라갔다. 페인트 냄새가 코를 밀고 들어왔다. 이층 출입문은 여전히 굳게 잠겨 있었다.

'이 느낌은 뭐지?'

닫힌 문이 흔들릴 때마다 문틈으로 차가운 기운이 새어나왔다. 몸에 닿는 느낌이 차갑고 섬뜩했다. 몸을 털어 등줄기를 타고 내리는 소름을 떨쳐냈다. 나는 낮에 한 번 더 올라와봐야겠다고 생각하고 일층으로 내려왔다.

'사람들을 많이 오게 하기 위해서는 그 아이 말대로 전단지를 돌려보는 것도 괜찮을 거 같은데. 돈이 없으

니 대량으로 주문 제작하기는 불가능하고, 직접 만들어서 돌리면 될 거 같은데. 어디 종이 구할 데 없나?'

창고를 뒤져봤지만 전단지를 만들 종이는 없었다. 하긴 식당에서 그렇게 많은 종이가 필요하지는 않았겠지. 그때 냉장고에 붙어 있는 전화번호가 눈에 들어왔다. 음식 재료를 주문하는 곳의 전화번호였다. 저기에 전화를 해서 종이를 주문하면 가져다줄지도 모른다는 생각이 들었다. 전단지를 만드는 것도 식당 운영에 필요한 것이니까 말이다.

나는 주방 옆 카운터에 있는 전화기를 들어봤다. 전화기는 먹통이었다. 빈집의 전화가 멀쩡할 리 없지만 그래도 당황스러웠다. 아직은 냉장고에 음식 재료가 차고 넘치게 있지만 안심할 상황은 아니었다. 중간에 재료가 떨어져서 손님을 받지 못하면 곤란하다.

'한번 눌러나 볼까?'

나는 냉장고에 붙어 있는 전화번호를 눌러봤다. 신호음 같은 건 들리지 않았다.

'음식 재료가 떨어지면 전화가 되는 건가?'

만호는 신의를 저버리지 않는다고 자신 있게 말했었다. 나를 궁지에 빠뜨리지는 않을 거다. 이곳에서 주어진 시간을 살아내는 데 큰 문제가 없게 해줄 거다. 어떤 식으로 홍보를 할 건지는 차차 생각해보기로 했다.

나는 죽은 듯 잤다. 방에 누운 것까지는 기억이 나는데, 그다음은 모를 정도로 깊이 잠들었다. 눈을 떴을 때는 아침이었다.

문을 모두 열어젖히고 청소를 했다. 청소를 마친 다음 음식 만들 재료를 다듬었다. 고구마를 깎아 잘게 다지는데 설이 목소리가 옆에서 들리는 거 같았다.

"더 잘게 다져야지, 더 잘게. 거의 가루처럼. 그래야 비밀병기 맛이 더 부드러워질 거야."

나는 정성을 다해 고구마를 다졌다. 더 잘게, 더 잘게.

설이의 요리 솜씨는 꽝이었다. 설이는 손대는 것마다 망쳤다. 하지만 미각은 뛰어났다. 설이가 시키는 대로 레시피를 만들어 음식을 만들면 맛이 최고였다. '나는 음식 개발자가 되어 회사를 낼 테니까 채우 오빠는 우리 회사의 수석 요리사 해라, 고급스러운 식당의 고급스러운 요리사도 좋지만 큰 회사의 수석 요리사도 고급스럽지 않아? 전국의 백화점과 마트 즉석요리 코너는 우리가 다 접수하는 거지. 어때, 내 계획이?' 설이는 이런 말도 했었다. 나는 설이가 그런 말을 할 때 설이 머리를 쥐어박았다. 고급스러운 식당의 요리사가 되든 설이 회사의 수석 요리사가 되든 결국은 나를 부려먹으려는 뜻 아니냐고 말이다. 하지만 속으로는 제발 설이 계획대로 되었으면 좋겠다는 생각을 했었다. 그러면 설이와 떨어지지 않고 같이 있을 수 있으니까. 설이를 만나고 나서부터 내 꿈은 오로지 하나였다. 설이와 헤어지지 않고 사는 것.

'끝내 파감로맨스는 완성하지 못했어.'

내가 꼭 완성하고 싶었던 음식은 파감로맨스였다.

나는 파감로맨스를 완성해서 설이의 징크스를 깨주고 싶었다. 파를 만난 감자를 먹어도 절대 불행하지 않는다는 걸 보여주고 싶었다. 설이는 불행해질까 봐 파가 들어간 감잣국이나 감자찌개는 절대 먹지 않았다. 감자라면 자다가도 벌떡 일어나는 아이인데 말이다. 설이가 기억하는 가장 불행했던 날엔 이상하게도 감잣국을 먹거나 감자찌개를 먹었다고 했다. 설이가 보육원에 오던 그날 아침에도 감잣국을 먹었단다. 설이가 처음으로 어떤 아이에게 맞았던 날 아침에는 감자찌개를 먹었다고 했다. 설이는 그 이유가 감잣국이나 찌개에 들어간 파 때문이라고 했다. 파와 감자가 만난 음식은 자신에게 불행을 가져온다고 믿었다.

"찐 감자나 구운 감자는 괜찮아. 배도 안 아프고. 그런데 파만 들어가면 배가 아프면서 불행을 몰고 와."

설이는 이렇게 말했다. 설이 말이 사실인지 우연인지 그건 나도 모른다. 중요한 것은 설이의 생각이었다. 나는 설이에게 파와 감자가 만나도 불행을 몰고 오지 않는다는 것을 알려주고 싶었다. 그래서 설이가 좋아하는 감자를 실컷 먹게 해주고 싶었다. 그리고 설이를 불행이라는 말에서 벗어나게 해주고 싶었다. 불행이라는 말은 되뇌면 되뇔수록 점점 더 크기가 커지고 힘도 세져서 결국은 사람을 집어삼켜 진짜 불행하게 만들 수도 있다는 생각이 들었다.

감자라면 자다가도 벌떡 일어나는 사람은 설이 말고도 또 있었다. 보육원 주방에서 일하던 할머니였다. 할

머니가 감자를 좋아해서인지 보육원 메뉴에는 유독 감자 반찬이 많았다. 겨울에는 감잣국이 하루도 거르지 않고 나왔다. 추운 겨울에 따뜻한 국을 먹지 못하는 설이가 안타까웠다.

"감잣국이나 감자찌개가 불행을 몰고 온 게 아니야. 네가 워낙 감자를 좋아하니까 엄마가 감자 요리를 자주 해줬을 테고, 거의 매일 감자 요리를 먹었을 수도 있어. 감잣국과 감자찌개가 불행을 몰고 온다는 건 억지야. 그러니까 먹고 싶은 거 먹어."

나는 설이에게 그렇게 말했었다.

"그럼 배 아픈 거는? 배도 아팠다니까."

"그거야 좋지 않은 일이 생겼으니까 배도 아팠다는 생각이 들 수도 있는 거야. 잘 생각해봐. 배가 아픈 게 먼저야, 나쁜 일이 생긴 게 먼저야?"

설이는 어떤 게 먼저인지 잘 기억해내지 못했다.

"새로운 기억을 만들어보자. 파와 감자가 만나서 멋진 로맨스를 이루게 하는 거야. 둘이 만나도 절대 배도 안 아프고 행운만 찾아오는 요리를 만들어보자. 너랑 나랑 둘이 연구 개발하자. 어때?"

나는 설이에게 제안했다. 설이는 좋다고 했다. 설이는 파감로맨스를 만드는 일에 적극적이었다. 결국은 설이도 그 징크스에서 벗어나고 싶었던 거다. 불행을 몰고 온 음식이라는 생각에서 벗어나 좋아하는 감자 요리를 실컷 먹고 싶었던 거다.

그리고 내가 죽었던 그날 아침이었다.

"채우 오빠, 이따 오후에 학교에서 돌아오면 곧장 만들어볼 게 있어. 내가 어젯밤에 파감로맨스 레시피를 생각해냈거든. 어쩌면 성공할 수도 있을 거 같아. 내 배가 아팠던 이유가 너무 자극적인 파의 맛 때문인 것 같기도 해서 파 냄새를 없애는 방법을 연구했거든."

아침을 먹으며 설이는 상기된 얼굴로 이렇게 말했다. 하지만 설이와 나에게 그날 오후는 없었다. 설이가 생각한 레시피가 어떤 건지 끝내 알 수 없었다. 설이는 음식 개발은 하지만 직접 요리하지는 못한다. 설이의 레시피가 성공하기 위해서는 꼭 내가 있어야 한다. 내가 있어야 설이는 불행이라는 말에서 탈출할 수 있다.

청소도 했고 음식 준비도 모두 끝내놨지만 손님이 오지 않았다. 점심시간이 훌쩍 지나도록 집 앞에는 사람의 그림자도 보이지 않았다. 하루가 아무런 의미 없이 지나갔다.

주변 사람들

"뭔가 대책이 필요해."

이대로 앉아서 기다리며 아까운 시간을 허비할 수는 없었다. 아무리 생각해도 전단지를 돌리는 것이 제일 좋을 거 같았지만, 문제는 종이를 살 돈이었다.

"아참, 나 돈 있지."

체육 교사와 아이가 음식값으로 내고 간 돈을 깜박 잊고 있었다. 나는 재빨리 카운터 서랍을 열었다. 하지만 아무리 뒤져도 돈이 보이지 않았다. 귀신이 곡할 노릇이었다. 서랍을 뒤집어엎고 카운터 밑을 샅샅이 뒤져도 끝내 돈은 나오지 않았다.

'내가 어디 다른 곳에다 놓고 기억을 못 하는 건가?'

곰곰이 생각해도 서랍이었다. 하지만 서랍 안에 넣어둔 돈의 행방을 찾기 위해 허비할 시간은 없었다.

"전단지는 불가능하고. 다른 방법이 뭐가 있을까……. 아!"

그때 좋은 생각이 머리를 스치고 지나갔다. 시식이었다. 음식 냄새를 풍기고 시식하게 하면 지나가던 사람들도 찾아오게 된다. 나는 냉장고를 열었다. 만호를 믿기로 했다. 재료 걱정하지 않고 음식을 만들 수 있게 만호가 꼭 도와줄 거라고 믿었다.

"어, 이게 뭐지? 어제는 없었던 거 같은데?"

냉장고 맨 앞에 놓인 투명 비닐봉지에 당근과 사과가 담겨 있었다. 당근과 사과는 채소 박스 안에 정리해서 넣어두었는데? 나는 채소 박스를 열어봤다. 당근과 사과는 내가 정리해둔 자리에 얌전히 있었다.

"내가 못 봤던 건가? 그렇겠지. 누가 가져다놓은 거는 아닐 테니까."

나는 비밀병기에 들어갈 재료를 잘게 썰고 다졌다. 그런 다음 우유를 팔팔 끓여 버터를 녹이고 그것으로 밀가루 반죽을 했다. 프라이팬을 달궈 밀가루 반죽을 얇게 펴 올리고 재료를 넣어 돌돌 말아 구웠다. 비밀병기를 만들면서 살살말랑도 만들었다. 꽃과 풀을 곱게 다져 설탕을 듬뿍 넣고 불에 녹여 물엿과 녹말가루를 나만의 비율로 섞어 넣었다. 식당 안은 음식 냄새로 활기가 넘쳤다.

"아, 문도 활짝 열어놔야 해. 냄새가 퍼지게."

나는 파와 감자를 섞은 미완성 요리인 파감로맨스도 만들었다. 미완성이지만 어쩌면 설이의 기억을 소환하는 데 가장 도움이 될 음식이기도 했다. 전생의 기억이 소환될 확률은 거의 제로에 가깝다고 했지만, 연못

속에서 작은 손톱을 꼭 찾고 싶었다. 언제 어느 때 설이가 나타날지 모르니까 만반의 준비를 해야 했다.

비밀병기 스무 개, 살살말랑 스무 개 그리고 파감로맨스 스무 개를 만들었다. 게살을 약간 떼어 넣는 것도 잊지 않았다. 알레르기가 위험하긴 하지만, 설이를 찾기 위해서는 꼭 필요한 절차였다.

나는 화단 옆 공간에 탁자 두 개와 의자 하나를 내놓은 다음 탁자 위에 음식 접시를 세팅했다. 가위와 젓가락 그리고 작은 접시도 준비했다. 마침 음식 냄새를 살살 퍼지게 해줄 바람도 적당히 불었다.

냄새를 맡고 제일 먼저 찾아온 사람은 뽀글뽀글 파마를 한 그 여자였다. 김이 팍 샜지만 그렇다고 해서 김샌 표를 낼 수는 없었다. 여자는 분홍색 보자기를 쓰고 있었다. 보자기 옆으로 새겨진 '예쁘다 미용실' 글씨가 또렷했다. 뽀글뽀글한 머리를 또 파마하는 모양이었다. 여자는 선뜻 다가오지 못하고 목을 길게 뺀 채 음식 접시를 힐끔거렸다.

"뭐 하는 거야? 아니, 뭐 하는 거예요?"

여자가 물었다.

"시식이요."

시식이라고 말했는데도 여자는 다가오지 않고 계속 힐끔거리기만 했다. 시식 안 할 거면 가라는 말이 목구멍을 치솟고 나오려고 했지만 애써 참았다. 지금은 성질대로 할 때가 아니다.

"드려요?"

나는 되도록 상냥하고 부드럽게 물었다.

"나는 낯선 음식 별로 안 좋아하는데……. 그래도 시식하는 곳에 왔으니 예의상 먹어볼까, 아니, 먹어볼까요?"

"혹시 게 알레르기 같은 거 있어요?"

질문하는데 심장이 쫄깃해지는 느낌이었다.

"아니, 내가 제일 이해가 안 되는 사람이 음식 먹고 알레르기 일으키는 사람이야, 아니, 이에요. 음식에 해산물도 쓰는 모양인데 걱정하지 마, 아니, 말아요."

정말, 정말 다행이었다. 설이가 저런 모습으로 내 앞에 나타난다는 것은 상상만 해도 슬픈 일이다.

나는 비밀병기 하나를 삼분의 일로 잘라 작은 접시에 올리고 그 옆에 살살말랑과 파감로맨스도 삼분의 일로 잘라 올린 다음 여자에게 접시와 젓가락을 내밀었다.

쩝쩝거리는 소리가 거슬렸다. 뭔 음식을 저따위로 먹는지 모르겠다. 입을 다물고 천천히 씹으면서 맛을 음미해가며 좀 품위 있게 먹으면 안 되나? 하긴 뭐 첫인상부터가 품위하고는 거리가 멀게 생겼지만 말이다. 어쩐지 내가 만든 음식의 품위까지 떨어뜨리는 거 같아 못마땅했다.

"그럭저럭 먹을 만하네, 아니, 먹을 만하네요."

그럭저럭 먹을 만하다니. 맛이 썩 마음에 들지는 않지만 그렇다고 해서 맛이 없다고 말할 수는 없다는 뜻인가? 하여간 마음에 드는 구석이라고는 눈을 씻고 찾아보려야 찾아볼 수가 없었다.

"내 친구들한테 들르라고 해줄게, 아니, 해줄게요. 내가 친구가 엄청 많거든, 아니, 많거든요. 친구들이랑 가족만 해도 몇 명인데, 아니, 몇 명인데요. 딸 아들 남편 다 합하면 수십 명은 될걸, 아니, 될 거예요."

그 말에 귀가 번쩍 열리는 거 같았다.

"그냥 반말하세요. 그렇게 말하는 게 더 듣기 불편해요. 저보다 나이도 훨씬 많은데 그냥 편하게 하세요."

수십 명을 몰고 올 수 있는 능력의 소유자인데 반말이 무슨 상관이람.

"그래도 될까?"

"그럼요."

"아휴, 그럼 편하게 말할게. 솔직히 말이 편해야 사이도 편해지는 거야. 아이쿠, 머리 풀어야 할 시간 넘었겠네. 친구들 보낼게. 그나저나 약속 식당 사장도 머리 좀 해. 머리가 그게 뭐야?"

"제 머리가 왜요?"

"몰라서 물어? 머리 스타일이 그러니까 얼굴이 더 커 보이지. 요렇게 앞머리를 내리는 파마를 하면 얼굴도 작아 보이고 훨씬 젊어 보일 텐데. 그럼 또 봐."

여자는 서둘러 골목으로 사라졌다. 나는 내 머리를 만져봤다. 긴 단발머리였고 이마는 훤히 드러나 있었다.

여자가 가고 나서 30분도 채 되지 않아 세 명의 여

자들이 와르르 몰려왔다. 파마약 냄새가 진동을 했다. 미용실에서 머리를 풀고 달려온 게 분명했다. 여자들은 자신들에게 게 알레르기 같은 건 없다는 말부터 했다. 다행이었다. 나는 접시에 음식을 담으며 간절히 바랐다. 설이야, 절대 저런 모습으로는 나타나지 마라.

"황 부장 말대로 그럭저럭 먹을 만하네."

유유상종이라더니 그 말이 명언이었다. 아까 그 여자가 황 부장인가 본데, 말하는 거나 쩝쩝거리고 먹는 거나 세 명의 여자와 황 부장이 똑같았다. 그래도 부장이라고 불리는 걸 보니 자신이 속한 조직에서는 꽤 성공한 삶을 살았던 모양이다.

"무슨 회사 다녀요? 황 부장님 말이에요."

나는 여자들에게 물었다.

"상조 회사요. 지금은 일을 그만두었지만."

"상조 회사에 다닌 게 아니라 상조 회사랑 연계되어 일한 거지. 그 회사에서 이름 부르기 그러니까 황 부장이라고 불렀다고 하던데."

한 여자가 말하자 옆에 있던 여자가 말을 고쳐주었다.

"아, 맞아. 그랬다고 했지. 염하는 일을 했어요. 지금은 그만두었지만요. 그만둔 지 한 5년 되었을걸요. 염하는 일이야 손발이 말을 들어주면 언제까지 할 수 있는 일이라고 자부심이 대단했는데, 일을 그만두게 된 사건이 하나 있었어요. 살인 사건 때문에 심각할 정도로 훼손된 사람을 염하게 되었는데요. 곱게 화장해주고 염을 하는데 죽은 줄 알았던 사람이 막 움직였다는 거예요. 훼손될 대로 된 사람이 말이지요. 한 5분 정도 움직였다고 해요."

"10분 정도. 눈도 한 번 번쩍 떴었대."

옆에 여자가 또 말을 고쳐주었다.

"아, 맞아, 10분 정도라고 했지. 시체가 눈을 번쩍 떴으니 황 부장이 얼마나 놀랐겠어요? 그 일이 있고 나서 일을 그만두었지요. 염을 하려고만 하면 죽은 사람이 막 움직이는 것처럼 보인다고. 그런데 여기에 식당이 생기니까 참 좋다. 이쪽으로는 을씨년스러워서 대낮에도 어쩌다 지나가려면 머리끝이 마구 섰거든요. 식당이 생기니까 온기가 돌아요. 이곳에서 제발 아무 일 없이 오래오래 장사하세요. 우리가 매일 먹으러 올게요."

여자들은 시식 음식을 알차게 먹고 나서 사람들에게 홍보를 많이 하겠다는 말을 남기고 돌아갔다. 여자들이 몰려가고 난 다음에도 파마약 냄새는 오랫동안 코끝을 감돌았다.

사람들의 모습은 더 이상 보이지 않았다. 음식을 치우려고 할 때 와글와글 소리와 함께 중학생 여자아이 네 명이 몰려왔다. 순간 심장이 뛰기 시작했다. 심장이 뛰자 손이 떨렸고 다리도 후들거렸다.

"우리 체육 선생님이 가보라고 해서 왔거든요. 와, 여기서 어떻게 식당을 할 생각을 하셨어요? 대단한 강심장이세요. 밤에 혹시 뭐 못 봤어요? 봤다는 사람 꽤 많은데. 그런데 오늘 시식하는가 봐요? 우리 마침 되게 잘 왔다, 그치? 참고로 이 중에 게 알레르기 있는 아이는 없어요. 체육 선생님이 미리 말해주었거든요."

"오늘 시식하는 날 맞아. 얼마든지 먹어라."

"완전 대박!"

여자아이들이 박수를 치며 깔깔거렸다. 하이 톤의 저 목소리! 설이 목소리도 저랬다.

나는 작은 접시에 음식을 나눠주었다. 여자아이들은 청소기 흡입 수준으로 음식을 빨아들였다. 음식은 순식간에 다 사라졌다. 아이들이 돌아가고 난 후에도 나는 한참을 그 자리에 서 있었다. 하이 톤의 목소리는 귓전에서 오래오래 사라지지 않았다. 목소리 사이사이로 설이 목소리도 들리는 듯했다.

설거지를 마치자 어둠이 서서히 내려앉았다.

'어디에 중학교가 있는지 한번 가볼까?'

나는 식당에서 나와 체육 교사가 손짓을 했던 방향으로 향했다. 얼마를 걸었을까. 오르막을 오르자 학교 건물이 나타났다. 교문 앞에 서자 운동장 냄새가 났다. 땀과 웃음, 그리고 하이 톤의 목소리, 그런 것들이 뒤섞인 냄새였다.

'그날 오후에 축구 시합이 있을 예정이었는데.'

운동장을 보자 그 생각도 났다.

다른 날과 다르게 그날 오후에는 해야 할 일이 두 가지나 있었다. 그날은 학교에 무슨 행사가 있어서 오전 수업뿐이었다. 오전 수업이 끝나면 급식을 먹고 나서 바로 축구 시합을 하기로 했었다. 축구 시합을 마치면 설이와 함께 요리를 하기로 했었다. 내가 하루에 두 가지의 중요한 약속을 한 것은 그날이 처음이었던 거 같다. 17년도 채 채우지 못한 내 인생에는 그다지 바쁠 것이 없었다. 바쁠 것 없었던 내 인생에 처음으로 중요한 두 가지 약속이 있었던 그날, 나는 그날 오전에 죽었다. 당연히 축구 시합에는 나가지 못했다. 축구를 떠올리자 심장이 뜨거워졌다. 나는 운동장을 내달리는 걸 좋아했다. 쉬는 시간이면 운동장을 전속력으로 달렸다. 달리면 머릿속은 캄캄해지고 아무 생각도 나지 않았다. 아무 생각도 나지 않는 그 순간이 좋아서 매일 달렸다. 달리다 보니 축구를 하던 아이들과 어울리게 되었고 내가 축구를 잘한다는 사실을 알게 되었다. 중학교에 들어갔을 때 축구부 선생님은 나에게 정식으로 축구를 해보면 어떻겠느냐고 물었다. 하지만 나는 그럴 사정이 안 되었다. 나는 정식 축구부가 아닌 그저 학교 운동장을 내달리며 축구하는 아이 정도로 남겠다고 했다. 그 말을 설이에게 했더니 설이는 슬프지 않았냐고 물었다. 전혀 그렇지 않았다고 대답했다. 사실이었다. 나는 내 자리를 알고 있었고 어떤 결정을 해야 하는지 너무나도 잘 알고 있었다. 내 위치와 사정을 부정하는 순간 자신이 불행한 아이라는 생각이 들 테고, 그게 진짜 슬픈 일이 될 거라는 것도 잘 알고 있었다. 나는 설이에게 고급스러운 수석 요리사가 될 거니까 축구 선수가 되면 안 된다고 말했고 설이는 내 말에 맞장구치면서 웃었다.

죽고 나서 망각의 강을 건너 내가 살아온 16년 몇 개월에 대한 심판을 받았다. 심판하는 사람 옆에는 심판받는 사람의 생을 간략하게 정리해서 읽어주는 사람이 있었다. 에피소드집을 읽어주듯 죽은 자가 살아온 날들을 읽어주는 식이었다. 내가 기억하지 못하는 일들도 있었다. 뜨거운 여름에 길고양이를 만났는데 시원한 물을 받아다 주었다든가, 신호등이 깜박거리는 횡단보도를 건너다 미처 다 건너지 못한 노인 뒤를 조용히 따라 걸어주었다든가, 읽어주는 사람의 진지하고 엄숙한 모습과는 어울리지 않는 조금은 낯 뜨거워지는 미담들이었다.

초등학교 저학년까지는 이런 미담이 이어졌다. 미담 뒤로는 누구를 놀려주었다든가 슈퍼에서 막대 사탕 하나를 훔친 이야기도 나왔다. 기억에 없던 일들이 하나하나 재소환되었다. 크리스마스 때 보육원을 찾아온 후원자에게 욕을 하며 대들었던 이야기도 나왔다. 그건 기억이 났다. 사진만 실컷 찍고 초코파이 몇 상자를 두고 가던 후원자였는데, 처음부터 욕을 하고 대들고 싶은 마음은 없었다. 어찌 되었든 크리스마스 때 찾아온 것만으로도 고마운 사람이었으니까. 그래서 그 사람이 초코파이를 맛있게 먹는 시늉을 하며 사진을 찍자는 제안을 했을 때도 고개만 저었었다. 그렇게 싫다는 표현을 하면 그만둘 줄 알았는데 자꾸 사진을 찍자고 했다. 나는 그때 치과 치료를 받고 있었다. 어금니가 왕창 썩은 상태로 신경 치료를 받고 있어서 초콜릿이 들어간 것은 먹을 수가 없었다. 치과에 다녀왔다고 사정을 얘기해도 들은 척도 하지 않았다. 그 사람의 목표는 초코파이를 가장 맛있게 먹을 거 같은 아이를 골라 사진을 찍는 거였다. 그날 나는 내가 알고 있는 온갖 욕들을 다 했다. 이가 아픈데 초코파이를 먹으라고 계속 귀찮게 해서가 아니었다. 자존심이 상했다. 열두 살이나 되는 아이가 그깟 초코파이 하나에 감동 먹은 얼굴로 사진을 찍는 게 싫었다. 솔직히 보육원에 살아도 초코파이 같은 건 실컷 먹을 수 있는 상황이었다. 보육원 아이에게 먹을 것을 준다고 하면 무조건 환장할 거라는 그 착각에 자존심이 상했던 거다. 그 후로도 그 일을 떠올릴 때마다 단 한 번도 내가 잘못했다는 생각을 해본 적이 없었다. 다시 그날이 와도 내 선택은 같을 테니까.

"아이고야. 열두 살 나이에 세상에 떠도는 욕이란 욕은 다 알고 있었군. 이런 욕을 먹었으면 자존심 엄청 상했겠는데. 다른 이의 자존심을 상하게 하는 거, 그거 큰 죄다."

심판을 하는 사람이 말했다.

"그게 잘못한 일이라고는 단 한 번도 생각해본 적 없습니다. 그 일로 반성을 해야 한다면 차라리 벌을 받겠습니다. 그리고 자존심을 먼저 상하게 한 건 그 사람이었습니다. 어른의 자존심만 중요하고 아이의 자존심은 중요하지 않다면 할 말이 없습니다."

나는 심판을 하는 사람 앞에서 당당히 말했다.

"기억이 나는 거냐? 어허, 이런. 기억이 나면 곤란한데."

심판하는 사람이 말했다.

무덤덤하게 이야기를 듣고 있던 내가 눈물을 왈칵 쏟은 것은 설이가 등장하면서였다.

"아이고야, 이즈음부터는 하루하루가 사람 패는 거로 시작되고 마무리되었군."

내 생을 읽어주던 사람이 잠시 숨을 고르며 중얼거렸다. 내가 하루하루를 사람 패는 것으로 시작해서 사람 패는 것으로 마무리했다면, 그 말은 결국 설이가 맞는 것으로 하루를 시작해서 맞는 것으로 하루를 마무리했다는 뜻과 같았다. 나는 결코 설이가 맞는 걸 보고 있을 수만은 없었다. 내 몸이 가루가 되어도 설이를 지키고 싶었다.

"이런, 이런. 맞아 죽었군."

내 생을 읽어주던 사람이 혀를 찼다.

"다시 사람으로 태어날 수 있게 하도록."

심판을 하는 사람은 한마디 한 다음 자리에서 일어나 가버렸다.

"예? 사람을 팼는데요? 아무리 숨은 사연이 구구절절이라고 해도 이리하시면 형평성에 맞지 않습니다."

내 생을 읽어주던 사람이 물었다.

"나는 단 한 번도 형평성에 맞지 않는 심판을 한 적이 없다."

심판을 하는 사람은 헛기침을 한 번 하고 사라졌다.

"하긴 깊은 뜻이 있으니까 이런 결정을 내리시는 거겠지. 여태 형평성에 맞지 않는 심판은 없었으니까. 유채우. 다시 사람으로 태어날 수 있게 되었다. 다시 사람의 생명을 얻은 것은, 수백만 가닥의 끈 중에서 가까스로 하나의 끈을 잡은 것이다. 언제일지 확실한 기일은 정해지지 않았지만, 좀 기다리면 새로운 세상에 새로운 생명으로 나갈 수 있다. 그런데 주의할 사항이 하나 있다. 사람으로 다시 태어나는 이 귀하디귀하고 고귀한 가능성을 빼앗으려는 자가 나타날 수도 있다. 떠나온 세상의 기억을 가지고 있는 자들만 용케 찾아내는 기막힌 재주가 있는 교활한 여우지. 그자의 말에 현혹되어 어리석은 판단을 하지 말도록. 조심, 또 조심해라."

나의 생을 읽어주던 사람은 몇 번이나 당부했다.

"질문이 있습니다. 혹시 제가 죽기 전에 살았던 세상에서 만났던 사람을 다시 만날 가능성은 있나요?"

나는 사람으로 다시 태어난다는 사실보다 그게 더 중요했다.

"한 번 인연이 계속 이어진다는 보장은 없지. 그렇다고 해서 한 번 인연이 두 번으로 이어지지 않는다는 법도 없다. 만날 수도 있고 만나지 못할 수도 있지. 하지만 만난다고 해도 서로에 대한 기억이 없으니 무슨 의미가 있겠냐? 그 인연에 연연하지 마라. 이미 지나간 인연이다. 끝난 인연이야."

그리고 나서 만호를 만났다. 만호는 설이와 만날 확

률 100퍼센트를 장담했다. 더욱이 아주 작은 확률이지만 기억을 갖고 상대를 만날 수도 있다는 달콤한 조건이었다. 나에게 만호는 교활한 여우가 아니라 소중한 기회를 내려줄 동아줄 같은 존재였다.

나는 달빛이 서서히 내려앉는 운동장을 한참 동안 바라보다 돌아섰다.

학교에서 내려오는 길에 동네도 돌아봤다. 천을 세면서 올 때는 보이지 않던 것들이 눈에 들어왔다. 내리막을 내려와 오른쪽으로 꺾이는 곳에 예쁘다 미용실이 있었다. 불이 환히 켜진 미용실에는 검은 정장을 입은 남자가 청소를 하고 있었다. 파마한 머리의 정수리 부분을 세웠는데, 그 부분만 파란색과 빨간색으로 염색이 되어 있어 딱따구리를 연상시켰다. 그때 청소를 하고 있던 남자가 고개를 획 돌렸고 나와 눈이 마주쳤다. 얼른 고개를 돌렸지만 남자가 미용실 문을 열었다.

"머리하시게요? 오늘은 문 닫을 시간이고요, 내일 다시 오세요. 그런데 혹시 이층집에 식당을 낸 사장님이세요? 황 부장 언니가 설명한 인상착의와 똑같아요."

남자가 물었다.

"예."

"저도 한번 갈게요. 언니들이 음식 칭찬을 많이 하더라고요."

그런데 저 남자, 언니가 뭐람. 으윽, 느끼해.

상상하기 싫은 일들

아침에 문을 열자마자 황 부장이 친구들을 데리고 들이닥쳤다. 오늘이 황 부장 생일이라고 했다. 가만 생각해보니 생일 파티를 하기에 여기만큼 좋은 장소가 없더란다. 아니, 정확히 말하면 여기 음식이 생일 파티와 잘 어울릴 거 같다고 했다.

네 명의 여자들은 하나의 탁자에 앉을 수 있음에도 불구하고 탁자를 붙여 자리를 잡고 앉았다. 음식을 주문하고 난 뒤 한 명은 케이크를 사러 가고 한 명은 꽃을 사러 간다고 나갔다. 케이크와 꽃을 사온 후에는 풍선을 깜박 잊었다며 풍선을 사러 나갔다. 생일 파티에 필요한 물건을 사오는 데만 한 시간이 훨씬 넘게 걸렸다. 만들어놓은 음식이 식을까 봐 걱정을 해도 듣는 둥 마는 둥이었다. 생일 파티를 하려면 미리미리 준비를 해와야 하는 거 아닌가. 식당이 자기들 집도 아니고. 도무지 상식이라고는 찾아볼 수 없는 이해할 수 없는 행동들만 골라서 했다. 풍선을 불어 매달고 꽃을 장식하고……. 생일 파티의 절차는 너무나도 복잡했다. 시끄럽기는 또 왜 그렇게 시끄러운지 정신이 하나도 없었다.

풍선을 불어 매달 때는 그야말로 눈뜨고 봐줄 수 없는 상황이 연출되기도 했다. 풍선을 꼭 천장에 매달라는 법도 없는데 죽어도 천장에 매달아야 된다고 했다. 탁자에 의자까지 올리고 그 위에서 까치발을 서도 천장에 풍선을 매다는 것은 쉽지 않았다. 우여곡절 끝에 생일 파티 준비를 마치고 음식을 내갔다.

처음에는 비밀병기 5인분, 살살말랑 3인분, 파감로맨스 5인분을 시켰는데 탁자 위에 음식을 놓자마자 5분 만에 다 사라졌다. 음식이 식은 것에 관해서는 전혀 개의치 않았다. 그 많은 음식을 순식간에 해치우고 난 다음 비밀병기 5인분, 살살말랑 3인분을 더 시켰다. 파감로맨스는 맛이 묘해서 영 당기지 않는다고 추가 주문을 하지 않았다. 추가 주문한 음식들 역시 5분 만에 사라졌다. 다시 추가 주문이 들어왔다. 이런 식으로 재료를 펑펑 써도 되는 건지 모르겠다. 만호를 믿기는 믿지만 불안했다.

"죄송한데요. 음식을 추가 주문하는 것은 한 번밖에 안 돼요. 이미 한 번 추가 주문을 하셨기 때문에 더 이상 추가 주문을 할 수 없어요."

"왜에?"

황 부장이 눈을 부릅뜨고 물었다.

"그게…… 왜냐하면 말이지요. 음식이라는 것이 맛있게 먹는 게 중요한 거잖아요? 아무리 맛있는 음식도 너무 많이 먹으면 맛이 없게 느껴지거든요. 그건 음식을 만드는 사람에게는 아주 불행한 일이에요. 저는 제가 만든 음식이 최고로 맛있게 느껴지는 그 순간에 먹는 걸 멈추길 바라는 거지요. 그래야 생명이 오래가는 식당이 될 수 있어요."

즉석에서 바로 만들어낸 핑계가 어쩌면 이렇게 고급지고 그럴듯한지 스스로도 놀라웠다.

"누가 그래? 많이 먹으면 맛없게 느껴신다고? 그건 사람마다 달라. 개인차가 있는 거라고. 우리는 아무리 먹어도 맛있는 건 끝까지 맛있어. 그치?"

"그럼. 없어서 못 먹는 스타일이지."

여자들이 합창을 하듯 말했다.

"죄송합니다."

주인이 추가 주문을 받지 않겠다는데 왜 이렇게 토를 다는지 모르겠다. 아닌 말로 음식을 팔고 안 팔고는 주인 마음 아닌가.

그때였다. 문이 활짝 열리며 검은 정장을 입은 남자가 나타났다. 예쁘다 미용실의 미용사였다. 미용사를 본 황 부장과 친구들은 마침 잘 왔다면서 어쩌면 그렇게 적절한 때 나타났느냐고 센스가 머리 만지는 솜씨와 똑같다며 칭찬을 쏟아내기 시작했다.

"새로운 손님이 왔으니까 음식 시켜도 되지? 우리 예쁘다 미용실 왕 원장이 위가 좀 크거든. 앉은 자리에서 짜장면 열 그릇을 먹었다는 전설의 보유자야. 비밀병기, 살살말랑, 파감로맨스 각각 5인분씩. 아아, 파감로맨스는 취소. 그거 파 냄새가 너무 심하더라. 대신 비밀병기 5인분 더 줘."

황 부장이 승리자의 미소를 머금고 주문을 했다.

저 사람들이 내일도 또 오고 모레도 또 오면 큰일이었다. 냉장고 재료가 오로지 저 사람들이 먹는 음식을 만드는 데 쓰이고, 나는 오로지 저 사람들이 먹을 음식만 만들게 되고, 또 귀중한 시간을 오직 저 사람들만 보면서 보낼 수도 있다는 생각이 들었다. 그 생각을 하자 끔찍했다. 얼마나 힘들게 얻은 소중한 시간인데 그런 식으로 보낼 수는 없었다. 내일부터는 이곳에 발도 못 들여놓게 하는 방법이 없을까?

"아, 이거 어디선가 본 거 같아."

내가 음식 접시를 내가자 왕 원장이 비밀병기를 가리키며 말했다. 무슨 그런 끔찍한 말을.

"그럴 리가요. 기억의 오류겠지요."

나는 말도 안 되는 소리 하지 말라는 뉘앙스를 담아 시큰둥하게 말했다.

"나는 육십 먹도록 이런 음식은 본 적이 없는데. 하긴 왕 원장은 외국에서 헤어 공부도 했다고 하니까 그곳에서 먹어봤을 수도 있겠네. 우리 같은 우물 안 개구리와는 차원이 다르지."

황 부장이 말했다. 외국은 무슨. 비밀병기는 나와 설이가 개발한 음식이다.

"돌돌 말린 이 안에 뭐가 들어 있는지도 알 거 같아요."

왕 원장이 눈을 가늘게 뜨고 비밀병기를 뚫어지게 바라봤다. 나는 긴장했다.

"고구마, 당근, 오이, 사과 등 갖은 채소와 과일 다진 거요."

왕 원장이 말하는 순간 둔탁한 무언가로 뒤통수를 얻어맞은 듯 정신이 아득해졌다. 오이만 빼면 나머지 재료는 정확했다. 버터의 고소한 냄새가 강하게 나서 먹어보기 전에는 재료를 짐작하기도 어려운데 그걸 어떻게 알았을까. 왕 원장은 비밀병기 하나를 집어 입에 넣었다. 아차, 그때서야 나는 게살을 섞는 걸 깜박 잊었다는 게 생각났다. 알레르기에 대해 물어보지 않았다는 사실도 깨달았다.

"게 알레르기 같은 거 없죠?"

"게 알레르기요? 확실히 몰라요. 제가 생각보다 예민한 편이라서 음식 알레르기가 많은 편이거든요."

쿵! 뒤통수를 한 대 더 맞는 느낌이었다.

"알레르기면 어때. 병원 가서 주사 한 대 맞으면 되는 거지. 현대 의학이 얼마나 발달했는데 그런 사소한 걸 걱정해. 일단 맛있게 먹어. 먹다 죽은 귀신은 때깔도 좋다더라. 잘 먹고 나면 조금 아파도 괜찮아."

황 부장이 말했다. 저런 논리는 어디서 나온 논리람.

"잘 생각해보세요. 게 알레르기가 있는지."

나는 다시 물었다.

"그러고 보니 있는 것도 같고. 아니에요, 없을 거예요. 아, 모르겠어요. 생각이 잘 안 나요."

왕 원장의 대답이 애매했다.

"여기 생각보다 괜찮은데요? 저는 언니들 말만 듣고 완전 흉가로 생각했었거든요. 이곳에서 누군가를 봤다는 말이 사실일까요? 계단 위에서 목소리가 들리고 손짓을 한다는 말을 들었는데 진짜일까요?"

왕 원장이 물었다.

"그렇대. 그리고 꼭 애들 앞에만 나타난다고 하더라고. 애들한테 무슨 할 말이 있는 건가."

"누가요?"

"누군 누구야, 귀신이지. 귀신이 있다고 단정적으로 말할 수 없는 것처럼 없다고도 말 못 해. 솔직히 저녁을 먹다가 연기처럼 사라진 사람들이 살아 있다고 누가 장담해?"

"그래도 참 신기하지. 이 식당 사장이 사람을 끌어들이는 묘한 힘이 있나 봐. 아무리 음식이 마음에 들어도 여기에 앉아 음식을 먹을 수 있을 거라고 누가 상상이나 했겠어? 어림도 없지. 뭐에 홀리듯 자꾸 찾아오게 된다니까."

나는 왕 원장과 여자들이 웃고 떠드는 동안 게를 넣은 비밀병기를 만들어 서비스라고 말하며 하나씩 더 주었다. 오후 세 시가 넘어서야 빈 접시를 산처럼 쌓아 놓고 모두들 돌아갔다. 왕 원장은 비밀병기 2인분을 포장해갔다. 장장 다섯 시간이 넘게 소란스러웠던 식당은 한순간 조용해졌다. 나는 심란한 마음을 떨쳐내지 못하고 멍하니 앉아 있었다.

'왕 원장이 게 알레르기라고 딱 집어 말한 것도 아닌데 내가 너무 예민하게 구는 거 아닐까. 확인되지 않은 일로 미리 걱정할 필요는 없는 거지. 그래, 미리 걱정하지 말자.'

나는 고개를 저었다. 내가 설이에게 꼭 하고 싶었던 말을 왕 원장에게 전하는 상상을 하면 기가 막혔다.

'어떻게 모든 게 다 원하는 대로 100퍼센트 이뤄질 수 있겠어?'

만에 하나 왕 원장이 설이라고 해도 어쩔 수 없는 일이다. 그렇게 된다면 나는 설이와의 약속을 지키지 못하게 되는 거다. 아니, 파감로맨스를 완성한다면 약속의 반은 지킬 수 있는 거지만 그게 무슨 의미가 있을까. 설이를 만나겠다는 욕심으로 무작정 달려온 길이었다. 설이가 어떤 모습으로 나타난다고 해도 괜찮을 거 같았다. 하지만 현실과 마주하면서 나는 그 생각이 무너지기 쉬운 모래성이라는 걸 알게 되었다. 눈앞에 나타나는 사람마다 게 알레르기가 있는지 걱정하며 전전긍긍하는 모습이라니. 그렇다고 해서 후회를 하는 건 아니다. 나는 설이가 어떤 모습으로 살고 있는지 봐야 하니까.

'그래, 어떤 모습이면 어때. 자신이 행복하다고 생각하는 사람으로 살면 되는 거야. 그런 모습만 보면 되는 거야. 파감로맨스를 완성시켜 설이에게 먹이며 좋아한다고, 지켜준다고 약속해놓고 약속을 지키지 못해 미안하다고 마음속으로만 말해도 되는 거야. 그래, 너무 지나친 욕심을 부리지 말자.'

나는 나를 위로했다. 왕 원장이 설이라고 해도 절대 실망하지 않기 위해서는, 그런 근육을 미리 키워놓기 위해서는 나 스스로를 위로해야 했다. 하지만 위로가 되지 않았다. 내가 설이를 꼭 찾아야 했던 그 이유. 거대했던 그 이유가 볼품없이 찌그러지는 소리가 들리는 거 같았다.

'일단 이런 식으로 일어나지 않은 일을 고민부터 하지 말고 하루 이틀 기다려보자. 게 알레르기가 있다면 두드러기가 나든가 벌겋게 부어오르든가 눈이 충혈되든가 그보다 더 심하면 호흡곤란이 오든가 뭔가 표가 나겠지.'

그때 문이 벌컥 열렸다. 머리가 땀으로 흠뻑 젖은 아이가 뛰어들어 왔다.

"우리 누나가…… 우리 누나가."

아이는 숨을 헐떡이며 제대로 말을 잇지 못했다.

"너희 누나가 뭐? 너를 할퀴려고 해? 그러면 그냥 다른 곳으로 도망가. 아니면 부모님에게 일러바치든가. 나는 지금 네 말을 들어줄 기분이 아니고 남매 사이에 끼어들어 싸움을 말리고 어쩌고 할 기분도 아니야."

"그게 아니고요……."

아이가 숨을 헐떡이며 밖을 가리켰다. 무슨 일이 일어난 게 확실했다. 나는 밖으로 나갔다. 아이가 앞장서서 달려갔다. 아이가 멈춘 곳은 공터였다.

"아."

공터에서 벌어지고 있는 일을 목격한 나는 외마디 비명을 질렀다. 교복을 입은 여자아이 두 명이 있었는데, 한 명은 땅바닥에 무릎을 꿇고 있고 한 명은 주먹을 들고 있었다. 척 봐도 폭력 현장이었다. 눌러두었던 뭔가가 가슴속에서 폭발음을 내며 터졌다. 나는 곧장 그쪽으로 달려가 주먹을 들고 있는 여자아이 멱살을 잡았다.

"아, 이 아줌마 뭐야? 왜 이래요?"

여자아이는 내 손을 힘껏 뿌리치고 옷 앞자락을 툭툭 털었다. 이름표에 '구주미'라는 이름이 선명했다. 구주미라는 아이는 입술을 달싹이며 "아, 재수 없어" 하고 중얼거렸다.

"이게 확 그냥. 어디다 대고 재수 없대?"

나는 주먹을 들어올렸다.

"왜요? 때리게요? 때리든가요. 자, 때려요, 때려."

구주미라는 아이가 내 앞으로 머리를 들이밀었다. 한 대 치려다 멈칫했다. 지금 성질 자랑을 하면 안 된다. 성질 자랑을 하면 일이 복잡해진다. 나는 주먹을 내렸다.

"왜요? 때리라니까 왜 못 때려요? 겁나죠? 겁나서 못 때리는 거죠? 겁나면 남의 일에 참견하지 말고 아줌마 가던 길이나 가시지요. 아줌마가 뭔데 남의 일에 참견해요? 아이, 재수 없어."

"확, 입만 살아가지고. 그러다 죽는다."

"죽이든가요."

속이 부글부글 끓었다. 끓어오르는 속을 애써 짓누르는데 구주미가 코웃음을 쳤다. 그러더니 쌩하니 돌아서서 가버렸다.

무릎을 꿇고 있던 여자아이가 고개를 들었다. 한쪽 이마가 벌겠다. 얻어맞은 게 분명했다. 나는 손을 내밀었다. 내 손을 잡고 일어나라는 뜻이다. 여자아이는 내 손은 쳐다보지도 않고 일어나 교복을 탁탁 털었다. 그러더니 쌀쌀맞은 표정으로 획 돌아섰다. 당황스러웠다. 얻어맞고 있는 걸 구해줬는데 고맙다는 말 정도는 하고 가야 하는 거 아닌가. 지금 이 상황이 부끄럽고 창피해서 고맙다는 말을 차마 하지 못한다면 고개라도 까닥여 고마움을 표시해야 하는 거 아닌가. 그런데 꼭 나에게 감정이 있는 듯한 저 표정은 뭐람. 쌩하니 돌아서는 저 행동은 뭐냐고. 내가 고맙다는 말을 들으려고 단숨에 달려와 구주미의 멱살을 잡은 것은 아니지만, 서운함을 넘어서서 화가 났다.

"야, 고맙다는 말 정도는 하고 가야 하는 거 아니냐? 너 때문에 재수 없다는 말까지 들었는데!"

나는 여자아이의 뒤통수에 대고 소리쳤다. 여자아이는 내 말을 못 들은 척 돌아보지 않고 가버렸다.

"이 동네에는 죄다 이상한 인간들만 모여 사나. 그런데 애는 어디 간 거지?"

아이가 보이지 않았다.

아이는 식당에 앉아 있었다.

"어떻게 되었어요?"

아이가 물었다.

"네 누나는 무사히 돌아갔다. 네 누나, 싸가지는 좀 없더라."

"싸가지만 없는 게 아니고 되게 못됐다니까요."

아까 숨을 헐떡이며 달려와 누나를 구해달라고 말할 때와는 전혀 다른 모습이었다.

"둘이 쥐어뜯고 싸웠어요?"

"쥐어뜯고 싸운다는 것은 둘이 거의 비슷할 때나 가능한 일이야. 하나가 월등히 우세하면 하나는 대들 생각조차 하지 않는 거야. 하긴 네가 그 생태계를 어떻게 알겠냐. 그만 가라……. 내가 생각할 게 좀 많아서 혼자 있고 싶다. 참고로 오늘 장사는 끝났다. 이미 오늘 쓸 음식 재료를 다 써버렸거든. 나는 하루치 양을 정해 놓고 음식을 만들어. 그 양을 다 쓰면 무슨 일이 있어도 음식을 만들지 않아."

또 즉석에서 만들어낸 말인데 스스로 감탄할 정도로 완벽했다.

아이는 조용히 일어나 식당에서 나갔다. 아이가 나가고 나서 가만 생각하니 누나나 동생이나 아주 똑같았다. 누나를 구해줘서 고맙다는 말 정도는 해야 하는 거 아닌가.

나는 창밖을 내다보며 헝클어졌던 생각을 다시 정리하기 시작했다.

"왕 원장은 괜찮나? 알레르기가 심하면 먹고 나서 금세 증상이 나타나기도 하는데. 예전에 설이를 보면 그랬어."

불안에 떨고 있느니 당장 확인하고 싶었다. 나는 예쁘다 미용실로 갔다. 밖에서 보기에는 오래되고 초라해 보였는데 미용실 안의 모습은 달랐다. 전체적으로 원목을 사용한 인테리어는 모던함과 세련됨 그리고 편안함을 고루 갖추고 있었다.

"어머! 식당 언니 오셨네요."

거울 앞에 서서 얼굴에 뭔가를 바르고 있던 왕 원장이 돌아봤다.

"파마하시게?"

"예."

"잘 생각했어요. 처음 딱 보는 순간 부석부석한 머리가 눈에 들어오더라고요. 머리만 잘해도 얼굴이 한 단계 더 업그레이드되어 보일 수 있어요. 일단 이걸 입고 여기 앉으세요."

왕 원장은 갈색 가운을 입혀주고 의자를 가리켰다. 첫날 아이의 휴대폰으로 얼굴을 확인하기는 했지만, 거울로 내 모습을 보는 것은 처음이었다. 거울 안에 커다랗게 자리 잡은 내 모습을 보자 한숨이 절로 나왔다.

"언니, 한숨 쉬지 마요. 물론 한숨은 나오겠지만요. 내가 솜씨를 최대한 발휘해볼게요."

왕 원장은 내 머리를 뒤적이며 분무기를 뿌려대더니

도저히 안 되겠다면서 샴푸부터 하자고 했다. 왕 원장의 손끝은 야무졌다. 샴푸를 시켜주면서 머리 마사지를 해주는데 온몸이 노곤노곤해질 정도로 시원했다.

'아차, 돈.'

파마비가 떠오른 것은 왕 원장이 드라이기로 내 머리를 말릴 때였다. 머릿속을 재빨리 돌려봤다. 아까 음식값을 받은 게 있는데 파마비가 얼마나 할까? 음식값 받은 것을 초과하지는 않겠지?

"파마하는 데 얼마예요?"

"내가 뭐 언니한테 많이 받겠어요? 제일 좋은 약 쓰고 클리닉까지 완벽하게 해주면서 기본만 받을게요. 됐죠?"

"그러니까 제 말은요, 그 기본이 얼마냐고요. 저한테 얼마를 받으실 건지 액수를 정확하게 말씀해달라는 거지요."

"어머, 어머, 언니는 참 보기와는 달리 모든 일을 무 자르듯이 자르는 스타일인가 봐요. 십만 원만 받을게요."

으악 소리가 절로 나왔다. 십만 원만이라니, 원래는 그보다 훨씬 더 많이 받아야 하는데 대폭 깎아서 그것만 받는다는 말이었다. 파마하는 게 이렇게 비쌀 줄은 몰랐다. 나는 재빨리 음식값을 계산해봤다. 내가 얼마를 받았더라. 카드로 계산하겠다고 하는데 카드는 사용할 수 없다고 하면서 음식값이 얼마인지 불러주고 거기에서 또 얼마를 깎아주겠다고 말한 거 같은데……. 확실한 건 모르겠지만 십만 원은 넘고도 남을 거 같았다.

나는 파마를 하면서 왕 원장을 관찰했다. 구석구석 꼼꼼히 관찰한 결과 알레르기 같은 증상은 보이지 않았다. 불안하던 마음이 그제야 잠잠해졌다.

"파마가 아주 잘 나왔어요. 샴푸 할게요."

왕 원장은 아주 만족스러운 작품이 나왔다고 흡족해했다.

샴푸를 하고 머리를 다 말린 다음 거울 속에 들어앉아 있는 나를 보고 울고 싶었다. 외모를 한 단계 업그레이드 시켜준다더니 나이가 훨씬 더 들어 보이게 업그레이드되어 있었다.

시간이 지나면 파마가 좀 풀리겠지. 나는 파마비를 가지러 식당으로 왔다. 서랍을 열어본 나는 당황했다. 서랍 안은 휑했다. 기억을 더듬었다. 황 부장이 음식값을 냈고 나는 그 돈을 받아 분명 이 서랍 안에 넣었었다. 돈만 넣으면 없어지는 서랍도 아니고 대체 무슨 일이람?

"혹시?"

아이 얼굴이 떠올랐다.

"에이, 설마."

고개를 저었다. 하지만 합리적인 의심이었다. 음식값을 받아 서랍에 넣고 앉아 있을 때 아이가 나타나서 곧장 공원으로 달려갔다. 일을 해결하고 나서야 아이가 공원에 없다는 걸 알았는데, 아이는 식당에 있었다. 보통의 경우라면 어디에 숨어서 자기 누나가 무사히 돌아가는지 지켜봐야 하는 거 아닌가.

'걔가 돈을 갖고 간 거면 진짜 골 때리네. 그나저나 파마비를 어떻게 하지?'

고민해봤자 답은 하나였다. 나는 왕 원장에게 십만 원어치 음식을 먹으라고 했다. 언제 어느 때고 먹고 싶을 때 오라고 하자 왕 원장은 싫은 내색 한번 하지 않고 그러겠다고 했다. 그렇지 않아도 주변에 마땅히 입에 맞는 음식을 파는 식당이 없어 라면으로 때우는 날이 많다면서 입에 딱 맞는 음식을 먹게 되어 좋다고 했다. 어떻게 생각하면 잘된 일이었다. 어차피 왕 원장을 며칠 동안 집중 관찰해야 하니까.

하루가 어떻게 지났는지도 모르게 지나갔다. 짧은 듯하면서도 많은 일들이 한꺼번에 일어난 긴 하루이기도 했다. 손바닥의 도장 자국은 조금 더 사라졌다.

이상한 소리

밤새 이층에서 이상한 소리가 들렸다. 뭔가를 질질 끌고 다니는 소리 같은데 약간의 시간차를 두고 이어졌다. 소리를 들으며 여러 가지 장면이 상상되었다. 시체를 끌고 가는 장면이 제일 또렷했다. 머릿속이 뒤숭숭했다. 나는 날이 환하게 밝고 나서야 이층으로 올라갔다. 조심스럽게 문을 당겨봤지만 여전히 잠겨 있었다.

'내가 잘못 들은 거는 아니겠지?'

하지만 잘못 들었다고 생각하기에는 지금까지도 그 소리가 귓전에 또렷하게 남아 있었다.

'사람이 살고 있는 건가?'

나는 문에 귀를 댔다. 아무 소리도 들리지 않았다. 순간 없어진 돈이 떠올랐다. 만약 이층에 사람이 있다면? 사람이라면 돈이 필요할 수도 있다.

'그 아이가 오면 단도직입적으로 돈을 가져갔느냐고

물어봐야겠어. 그 아이가 돈을 가져가지 않았다면 이 층에 분명 사람이 있는 거야. 황 부장은 귀신이라는 뉘앙스를 풍기며 말했지만 귀신은 아니지, 돈이 필요한 건 사람일 테니까.'

계단을 내려오는데 저만큼에서 교복을 입은 아이가 이쪽을 지켜보고 서 있었다. 그 아이였다. 공원 바닥에 무릎을 꿇고 앉아 맞고 있던 그 아이.

"어이, 학교 가냐?"

나는 재빨리 계단을 뛰어 내려갔다.

"여기는 웬일이냐? 늦게라도 고맙다는 말을 하고 싶어서?"

나는 말을 하며 아이의 이름표를 힐끗 바라봤다. 고동미였다. 고동미는 내 말에 대꾸하지 않았다.

"왜, 너도 내가 잘 있는지 궁금해서 온 거냐? 이 동네 사람들은 내가 밤새 잘 있었는지를 궁금해하더라고."

"그런 거 아니에요. 이 길이 학교로 가는 지름길이에요."

"아하, 그건 나도 알고 있지. 하지만 체육 선생님 말로는 지름길이라고 해도 절대 이쪽으로 오지 않는다고 하던데. 공연히 저주를 받을까 봐. 그런데 말이다. 내가 너라면 고맙다는 말은 할 거 같다. 너 나 아니었으면 엄청 맞았을 거다. 딱 분위기가 그랬어. 너를 때리던 그 아이 말이다, 사람 좀 때려본 아이더라고. 주먹을 치켜든 각도를 보면 알 수 있지."

고동미가 나를 빤히 바라봤다.

"뭐, 끝까지 고맙다는 말을 하기 싫으면 관둬라. 내가 고맙다는 말이나 들으려는 사람은 아니지. 그나저나 네 동생 말이야, 우리 식당에 좀 와보라고 해라. 그리고 체육 선생님도 한번 오시라고 해. 맛있는 음식 해드린다고."

그래도 내가 선생들하고 친한 사이야, 이 싸가지야, 이런 뜻이기도 했다.

"예."

대답도 짧고 건조했다.

퍼지던 햇살이 어느 순간 검은 구름에 가려졌다. 비라도 쏟아지려는지 하늘은 순식간에 짙게 내려앉았다. 청소를 하고 있는데 후두둑! 빗방울이 들이치더니 곧 거센 비가 내리기 시작했다. 나는 창가에 앉아 밖을 내다봤다.

'시식회가 효과는 좋던데. 비가 그치면 학교 앞에서 시식회를 해볼까? 큰길로 나가면 쇼핑센터도 있던데 그 앞에서도 한번 해보고.'

문제는 음식 재료였지만 만호를 믿기로 했다. 만호를 믿기는 믿는데, 거의 음식 청소기 수준인 황 부장과 그 친구들은 걱정이 되었다.

'오늘은 재료 소진으로 영업을 마무리합니다' 이런 팻말을 준비해놓을까. 문 옆에서 지키고 있다가 황 부장 무리가 오면 얼른 팻말을 밖에 내놓고, 가고 나면 들여놓을까.

나쁘지 않은 방법이긴 한데 그러려면 계속 문 앞에서 지키고 앉아 있어야 했다. 이래저래 생각해도 좋은 방법이 떠오르지 않았다.

"모르겠다. 나중에 다시 생각해보기로 하고, 일단 오늘 음식을 만들 재료를 다듬어놓자. 그리고 파감로맨스를 다른 방법으로 만들어보자. 파 냄새가 거의 나지 않는 방법이 있을 거야. 파가 들어갔는지 어쨌는지 귀신도 모르게 요리하는 방법이."

설이는 어느 날 갑자기 나타날 수 있다. 그때를 대비해 파감로맨스 연구 개발을 게을리해서는 안 된다.

나는 냉장고 문을 열었다.

"이게 뭐지?"

냉장고 안에는 못 보던 재료들이 가득 들어 있었다. 어제까지만 해도 없었던 재료들도 있었다.

'이게 무슨 일이야?'

제일 먼저 떠오른 것은 뭔가를 질질 끌고 다니던 소리였다. 당연히 이층에서 들렸다고 여겼다. 하지만 다시 생각해보니 그건 잠재의식의 오류일 수도 있었다. 이층에 누가 있을 거라는 말을 계속 듣다 보니 나 역시도 그런 생각을 하고 있었고, 밤에 소리가 들리자 이층이라고 결론을 내린 것일 수 있다. 어쩌면 그건 일층에서 물건을 나르던 소리가 아니었을까. 물건이 무거워서 질질 끌고 다녔을 수도 있다. 하지만 그 소리가 일층에서 물건을 나르던 소리라고 해도 그렇다. 그리고 그 주인공이 만호라고 해도 그렇다. 왜 한밤중에 몰래? 만호라면 나를 만나도 아무 상관이 없는데 말이다. 생각하면 생각할수록 미로를 헤매는 듯 머릿속이 한없이 복잡해졌다.

'아, 몰라, 몰라. 중요한 것은 지금 냉장고 안에 싱싱한 음식 재료가 가득 찼다는 거야. 음식을 마음껏 만들 수 있다는 사실이 중요한 거라고. 그리고 앞으로도 재료가 떨어질 무렵이면 배달되어 온다는 그 사실이 엄청 중요한 거야.'

주문 전화를 하지 않아도 저절로 배달되는 이 시스템이 마음에 쏙 들었다.

나는 싱싱한 재료를 듬뿍 꺼내 다듬었다. 재료를 아끼지 않고 넣어야 음식 맛도 좋아지는 법이다.

톡톡톡톡톡.

파를 다듬어서 소금에 절여놓은 다음(이러면 파 냄새가 좀 덜 날 수도 있겠다는 생각이 들었다) 감자를 깎았다. 절인 파와 감자를 섞어 요리를 만들어봤다. 파 냄새는 여전했다. 새로운 방법으로 파감로맨스를 몇 번 만들어봤지만 다 실패였다. 어느새 오후 두 시였다.

비밀병기를 만들고 있는데 식당 문이 열렸다. 그 아이였다. 고동미가 내 말을 전달한 모양이었다.

"나는 빙빙 돌려서 말하는 거 싫어해. 왜냐하면 빙빙 돌려서 말하다 보면 나중에는 말하고자 했던 핵심이 흐려지는 경우가 있거든. 단도직입적으로 말할게. 직접 대놓고 말한다는 뜻이야. 너, 저기 만졌었니?"

나는 카운터를 가리켰다.

"아뇨."

"정확하고 구체적으로 다시 물어볼게. 서랍 열어봤니?"

"서랍을 왜 열어봐요? 설마 나를 도둑으로 모는 거예요?"

아이가 두 눈을 크게 뜨며 울먹였다. 딱 걸렸다. 서랍을 열어봤느냐 묻는 말에 곧바로 도둑이라는 단어가 튀어나온 걸 보면 자신이 도둑이라는 걸 고백하는 것이다. 만약 아이가 서랍 속 돈과 아무 관련이 없었다면 저런 반응이 즉각 나올 수는 없을 거다. 아이일 수도 있다는 합리적 의심을 했지만 당황스러웠다. 이걸 어떻게 해야 할지 해결책도 없는 상황에서 너무 성급하게 캐물었던 거 같아 후회되기도 했다. 그런 짓 하면 안 된다고 달랠까? 아니면 당장 돈을 가져오라고 으름장을 놓을까? 어찌 되었든 그냥 지나서는 안 된다. 음식 재료가 해결되었고 파마비도 해결되었기 때문에 나에게 돈은 크게 필요하지 않다. 하지만 아이를 위해서도 눈감아줄 수는 없는 문제였다.

'내가 이런 고민을 다 하게 되다니.'

나는 다른 이에게 이런 고민을 떠안겨주었던 아이였다. 내가 막대 사탕을 훔쳤을 때 슈퍼 아줌마는 나를 앞에 세워놓고 얼마나 갈등을 했을까? 고작 막대 사탕 하나라고 해서 훔친 걸 알고도 눈감아줄 수 없는 상황이었을 거다. 슈퍼 아줌마는 사무실 누나를 은밀히 불러 내가 막대 사탕을 훔친 것을 알렸다. 슈퍼 아줌마는 '막대 사탕 하나라고는 하지만, 이 아이를 위해서는 절대 그냥 지나서는 안 될 거 같아서'라고 말했다. 당시 사무실 누나는 보육원 사무실에 막 취직한 상태였다. 사무실 누나는 원장님에게 알리지 않고 슈퍼 아줌마와 둘이 내 문제를 해결했다. 나는 이틀 동안 슈퍼에서 청소를 했다. 청소라고 해서 대단한 것은 아니었고 막대 사탕을 비롯한 사탕들이 진열된 곳을 닦는 일이었다. 슈퍼 아줌마는 청소를 하면서 사탕이 먹고 싶으면 마음껏 먹으라고 했었다. 하지만 나는 이틀 동안 단 한 개의 사탕도 먹지 않았다. 그래서는 안 될 거 같았다. 그 후로 나는 남의 물건을 훔치는 일은 절대 하지 않았다. 이틀 동안의 청소와 마음껏 먹어도 된다는 슈퍼 아줌마의 말이 내게 무엇으로 다가왔는지는 지금까지도 잘 모르겠다. 하지만 슈퍼 아줌마와 사무실 누나의 생각은 옳았고 성공했다. 슈퍼 아줌마와 사무실 누나는 이틀 동안의 청소라는 벌을 생각해내면서 얼마나 많은 고민을 했을까.

"억울해요."

아이가 두 주먹을 꼭 쥐고 씩씩거리며 눈물을 뚝뚝 떨어뜨렸다. 그렇다고 해서 자신이 돈을 가져갔다고 시인도 하지 않는 아이에게 식당 청소를 시킬 수도 없고. 아무리 생각하고 고민해도 슈퍼 아줌마와 사무실 누나처럼 지혜롭고 슬기로운 방법은 떠오르지 않았다.

"안 가져갔으면 그만이지 왜 울고 난리야?"

"내가 지금 얼마나 억울한지 알아요? 사람이 제일 억울한 거는 하지도 않은 일을 했다고 뒤집어쓸 때예요. 내가 우리 누나한테 매일 억울한 말을 듣고 사는 것도 참을 수가 없는데 왜 아줌마까지 그래요? 나는 뭐가 없어졌다는 말에 예민하다고요. 왜 다들 나를 의심해요?"

아이가 하도 펑펑 우는 바람에 나는 더 이상 아무 말도 하지 못했다. 내가 할 수 있는 것은 실컷 울도록 내버려두는 일이었다. 실컷 울고 난 아이가 눈물 자국이 가득한 얼굴을 두 손으로 쓸어내리며 비밀병기를 빤히 쳐다봤다.

"먹을래?"

"예."

나는 삼분의 일로 자른 비밀병기를 접시에 담아 아이에게 주었다. 아이는 비밀병기를 단숨에 해치웠다.

"하나 더 먹어도 돼요? 학교 갔다 와서 간식을 안 먹었거든요. 배고파요."

나는 비밀병기 두 개를 더 잘라 접시에 놔주었다.

"억울한 일이 있으면 울기부터 하지 말고 차근차근 말로 해. 무조건 겁을 집어먹고 울기부터 하면 더 의심을 받게 되거든. '아, 자기가 잘못했으니까 일단 울고 보는 거구나'라고 생각하게 돼. 내가 아는 어떤 아이도 무슨 일이 있으면 일단 울고 봤어. 일이 있지 않아도 울었지. 누가 놀려도 울고 때려도 울고 의심해도 울고. 제일 잘하는 게 우는 거였어. 그러다 보니 울 일이 더 생겼어. 놀리는 아이들의 심리가 어떤 줄 아니? 상대가 즉각 반응을 하면 재미있어 해. 그래서 더 놀려."

설이는 울보였다. 내가 설이를 처음 본 날, 설이는 작은 곰 인형 하나를 껴안고 울고 있었다. 곰 인형을 껴안고 울기에는 솔직히 늙은 나이였다. 내가 설이를 처음 봤을 때 설이는 열 살이었고 나는 열한 살이었다. 설이가 어떻게 하다가 열 살이 되어서 보육원에 오게 되었는지는 모른다(물론 설이는 그게 감잣국인지 감자찌개인지의 저주라고 여기고 있지만). 나는 단 한 번도 이유를 물어보지 않았다. 보육원 아이들 중에는 자기가 어떻게 해서 그곳에 오게 되었는지 마치 영웅담처럼 말하는 아이들도 종종 있었지만, 대부분의 아이들은 절대 발설하면 안 되는 비밀처럼 그 이유를 가슴에 깊이 묻고 보여주지 않았다. 누가 그런 질문을 하는 걸 제일 싫어하기도 했다.

나도 그랬다. 갑자기 닥친 아빠의 죽음, 당장 오늘 저녁에 먹을 쌀 걱정을 해야 할 정도로 거대한 해일처럼 밀려든 가난, 어쩔 수 없이 나를 포기했던 엄마. 그런 것들을 누구에게도 말하고 싶지 않았다. 죽을 때까지 나만 알고 있는 비밀로 하고 싶었다. 그건 나를 지키기 위한 동물적인 본능 같은 것이었다.

울기만 했던 설이는 아이들의 표적이 되었다. 놀려도 때려도 크게 표가 나지 않는 설이였다. 어른들은 설이가 항상 우는 아이라고 여겨 우는 것에는 크게 신경 쓰지 않았다. 설이 혼자 상처를 키우고 그 상처가 곪아갈 때도 누구도 상처에 약을 발라주려고 하지 않았다.

"울지 말라고, 바보야. 네가 매일 울기만 하니까 네 편이 없는 거야."

어느 날, 나는 설이를 놀리는 아이들을 두들겨 패주고 설이에게 이렇게 소리쳤다. 그날부터 나는 설이에게 울지 않는 법을 알려주기 시작했다. 울고 싶을 때 어금니 꽉 깨물기, 두 눈에 힘주기, 마음속으로 백 번 세기, 허공 쳐다보며 다른 생각하기……. 설이는 내가 시키는 대로 잘 따라했다. 설이와 나는 그렇게 친해졌고 설이는 울보에서 탈출할 수 있었다.

"억울한데 어떻게 안 울어요? 그런데 아줌마, 저 살살말랑도 만들어주면 안 돼요?"

나는 아이에게 살살말랑도 만들어주고 파감로맨스도 만들어줬다. 아이는 파감로맨스는 파 냄새가 많이 나서 먹을 수가 없다고 했다.

"음식 맛 좀 아네. 미각이 발달한 편이야. 사실 파감로맨스는 미완성 음식이거든. 더 연구해야 했는데 못 했어."

"왜요? 연구를 계속하지 왜 안 해요?"

"그럴 사정이 있었어. 하지만 다시 시작했으니까

곧 완성될 거야. 너희 누나도 한번 오라고 해. 고맙다고 인사를 안 한 거 생각하면 얄밉기는 하지만, 맛있는 거 만들어줄게. 먹을 걸 주면서 동생을 너무 미워하지 말고 억울하게 만들지도 말라고 말해줄게. 밖에 나가서는 맞고 다니면서 왜 집에서 동생만 잡냐? 밖에서도 배짱 있게 사는 법을 좀 가르쳐주어야겠다."

"우리 누나한테 공짜로 줄 거예요?"

아이 눈이 휘둥그레졌다. 나는 고개를 끄덕였다.

"그럼 꼭 그 말 전할게요. 잘 먹었습니다."

아이는 젓가락을 놓고 일어났다. 서랍을 열어봤느냐는 질문을 받고 온갖 설움을 다 당한 아이처럼 울더니 그건 까마득하게 잊은 얼굴이었다.

"네 이름이 뭐냐? 통성명은 하고 살자."

"구동찬이요. 아줌마는 이름이 뭔데요?"

"나? 나는…… 유채우."

"아하, 유채우. 유채우 아줌마."

"잠깐! 이름이 뭐라고 했지? 고동찬?"

"아니요, 구동찬이요."

내가 만난 아이의 누나 이름은 고동미였다. 그럼 아이는 고동찬이어야 했다. 나는 그 생각을 하다 고개를 저었다. 이게 무슨 고리타분한 발상이람. 가족의 형태는 수없이 변화하고 있다. 남매라고 해서 꼭 성이 같으리라는 법은 없다.

나와 같이 보육원에서 살았던 황민이는 보육원에

맡겨진 지 10년 정도 지나 엄마가 찾아왔다. 황민이를 데리고 가려고 왔다고 했다. 황민이는 고등학교를 졸업하면 보육원에서 나가 독립해야 하는데, 그때가 되면 어떻게 하느냐고 늘 걱정하던 아이였다. 그 걱정을 단박에 깨는, 보장된 미래가 기다리고 있는 엄마와의 해후! 황민이는 엄마를 따라간 지 며칠 만에 나를 찾아왔었다. 황민이가 아빠라고 불러야 하는 사람과 그 사람의 아들과 함께 살아야 한다고 했다. 황민이는 집에서 자기 혼자만 황 씨라고 했다. 그래서 혼자 우주 한복판에 덩그러니 떠 있는 느낌을 받는다고 했다. 그 후로 나를 몇 번 더 찾아왔었는데, 어느 날부터인가는 오지 않았다. 나는 황민이가 새로운 형태의 가족들과 잘 지내고 있을 거라고 믿었다. 형제나 남매면 성이 같아야 한다는 이 촌스러운 발상.

그때 왕 원장이 점심 겸 저녁을 먹겠다고 찾아왔고 구동찬은 돌아갔다.

골고루 이상한 사람들

다행이었다. 왕 원장은 멀쩡했다. 어디에도 알레르기 증상은 보이지 않았다. 기분이 너무 좋아 비밀병기 세 개를 서비스로 더 만들어주었다. 식당 언니, 식당 언니, 이러면서 살갑게 구는 것도 다 받아줄 수 있었다. 외국에서 헤어 공부를 할 때 먹어봤다는 음식 이름을 꺼내며 하나하나 음식 평을 할 때도 맞장구까지 쳐가면서 다 들어줄 수 있었다. 모든 것을 다 내려놓고 오직 미용사 왕 원장으로 대하며 이야기를 나누다 보니 그런대로 괜찮은 사람이었다. 악하고 모난 구석이 없었다. 제발 '어머! 언니!' 이런 손발 오그라드는 말만 안 하면 크게 단점도 없어 보였다.

왕 원장이 배가 터지면 어쩌느냐는 걱정을 하며 살살말랑 2인분을 포장해서 돌아가고 난 다음, 나는 잠시 쉬기 위해 방으로 들어왔다. 왕 원장이 설이가 아니라는 확신이 들면서 긴장이 무너져 내렸는지, 아니면 왕 원장이 설이가 아니라는 기쁨 때문에 왕 원장과 떠드느라고 고단했던 탓인지 졸음이 몰려왔다.

잠이 들려는 찰나 쇠 긁는 소리에 눈을 번쩍 떴다. 문 여는 소리가 분명했다.

식당 문을 잡고 들어올까 말까 망설이고 있는 아이는 고동미였다. 동찬이가 내 말을 전달한 모양이었다.

"어서 와."

나는 되도록 밝은 표정을 지었다.

"들어가도 돼요?"

"그럼 당연하지. 들어와서 저쪽으로 앉아."

고동미는 내가 가리킨 자리로 가서 조심스럽게 앉았다. 고동미는 불안한 얼굴로 식당 안을 둘러봤다. 손톱을 물어뜯으며 잠시 앉아 있던 고동미는 화장실에 다녀오겠다고 했다. 화장실이 어딘지 물어보지도 않고 가는 걸 보면 이 식당에 와봤던 거 같았다. 고동미는 잠시 후 돌아와 앉아 또 손톱을 물어뜯었다.

"저기 벽에 붙인 메뉴판 보이지? 뭘 먹고 싶어? 오늘은 내가 쏘는 거니까 걱정하지 말고 먹고 싶은 거 먹어. 그런데 파감로맨스는 나중에 먹어보는 게 좋을 거 같아. 아직 미완성이거든."

"아줌마가 왜 쏜다는 거예요?"

"그야 내가 식당 주인이니까 내 마음이지."

"아줌마가 식당 주인인 건 알지요. 제 뜻은 아줌마하고 저하고 무슨 연관이 있다고 공짜로 먹을 걸 주느냐는 거지요?"

"그냥 그러고 싶을 때가 있어. 너무 꼬치꼬치 따지지 말고 먹어도 돼. 뭐 먹을래? 비밀병기 만들어줄까?"

"뭘 먹으러 온 게 아니고요."

고동미가 고개를 숙였다.

"체육 선생님한테 한번 들르라고 전해달라고 하셨잖아요. 그런 부탁 저한테 하지 마세요. 그런 말 하기 싫어요. 혹시나 제가 그 말을 전달한 줄 알고 아줌마가 체육 선생님을 기다릴까 봐서 온 거예요. 그리고 저는 동생 없어요. 외동딸이거든요. 우리 엄마아빠는 저 한 명만 낳았다고요. 아줌마가 사람을 잘못 본 모양이에요."

"동생이 없다고?"

"우리 아빠가 소방관이셨거든요. 그런데 제가 태어나기도 전에, 그러니까 제가 엄마 배 속에 있을 때 불을 끄다 순직하셨어요. 당연히 동생이 없는 게 맞잖아요."

나는 고동미 말을 묵묵히 들었다. 고동미가 부정하면 부정하는 대로 그냥 두고 싶었다.

"그래, 좋아. 체육 선생님이야 지나가다 들를 수도 있을 테니까 신경 쓰지 마라. 일단 우리 식당에 들어왔으니까 뭐라도 먹고 가. 비밀병기 만들어줄게."

"안 먹어도 상관없어요."

"먹어. 꼭 먹게 해주고 싶어서 그래."

나는 주방으로 들어가 비밀병기를 만들기 시작했다. 비밀병기를 만드는 내내 고동미의 아픔을 알 거 같아 마음 한쪽이 아렸다. 하지만 고동미는 나보다 훨씬 나았다. 버려지지 않고 엄마와 같이 살고 있을 테니 말이다.

"내가 너에게 해줄 말이 있어. 네가 기분 나빠하지 않는다면 말해줄게. 하지만 내가 무슨 말을 하든 기분이 나쁠 거 같으면 그만두고."

나는 비밀병기를 탁자 위에 놓으며 말했다.

"괜찮아요. 하고 싶은 말이 있으면 하세요."

고동미는 비밀병기를 입에 넣으며 고개를 끄덕였다.

"내가 아는 아이 중에 황민이라는 아이가 있거든. 음, 당사자도 없는데 개인 이야기를 함부로 털어놓는 거 같아 약간은 마음에 걸리지만, 그래도 꼭 너한테 얘기해주고 싶어서 하는 말이야. 황민이는 어렸을 때 보육원에 맡겨졌어. 왜 보육원에 맡겨졌는지는 잘 몰라. 황민이는 그 이유를 말한 적이 없었으니까. 그런데 황민이가 중학생일 때 엄마가 찾아왔어. 황민이는 엄마를 따라가서 새아빠와 새아빠의 아들과 함께 살게 되었지. 처음에는 혼자 우주에 둥둥 떠 있는 느낌이 든다고 했는데 차차 잘 적응했지."

잘 적응했다는 것은 내 생각이었다. 나는 황민이 그렇게 되었으면 좋겠다고 생각했고 그렇게 되었을 거라고 여겼다.

"내가 아는 아이 중에 또 다른 아이가 있었는데, 그 아이는 황민이를 무척 부러워했어. 황민이가 우주에 혼자만 둥둥 떠 있다는 말을 할 때도 황민을 부러워했지. 그래도 황민이는 가족이 생긴 거잖아?"

이 말은 사실이었다. 나는 황민이 많이 부러웠다.

"예에."

고동미가 고개를 끄덕였다. 내가 무슨 말을 하는지 제대로 알아듣는 거 같아 기분 좋았다.

"사실은 나도 소방관이 되고 싶었거든."

뜬금없는 고백이기도 했지만 이 말도 사실이었다.

"진짜요?"

고동미 눈이 반짝 빛났다.

"그럼. 소방관! 얼마나 멋지니? 가장 위급하고 위험하고 급박한 순간에 나도 모르게 내 몸이 남을 위해 반응한다는 거. 그거 진짜 멋진 거야."

"저도 그렇게 생각해요."

앞으로는 동찬이와 싸우거나 동찬이 얼굴을 할퀴지 말고 잘 지내보라는 말은 하려다 그만두었다. 내가 그거까지 상관할 일은 아닌 듯했다. 지금은 동찬이나 고동미나 우주에 둥둥 뜬 기분일 수 있지만, 시간이 지나면 그 기분은 사라질 테니까…….

"엄마가 드실 것도 포장해줄까?"

나는 왠지 그러고 싶었다.

"우리 집 강아지 때문에 곤란해요. 우리 집 강아지는 집에서 먹는 음식에는 식탐이 별로 없는데, 꼭 배달 음식이나 포장 음식만 보면 제 것인 줄 안다니까요. 조금이라도 안 주면 난리 나요. 완전 뒤로 넘어가요. 강아지는 양파 같은 걸 먹으면 안 되거든요. 그래서 포장 음식이나 배달 음식은 사절이에요."

"특이한 강아지구나. 참, 혹시 너 게 알레르기 있니?"

"아뇨, 없어요. 그런데 파감로맨스는 어떤 음식이에요? 미완성이면 메뉴판에서 빼야지요."

고동미가 물었다.

"음, 메뉴판에 꼭 적어놔야 하는 이유가 있거든. 미완성이지만 한번 먹어볼래? 파와 감자가 사랑에 빠진다는 의미의 음식인데, 한번 먹어봐. 어쩌면 영원히 미완성 상태로 사라질 수도 있는 음식이야. 물론 그렇게 돼서는 안 되겠지만 말이다. 나는 파감로맨스를 꼭 완성하고 파감로맨스가 완성되었다는 걸 평가해줄 사람을 만나야 해."

나는 말을 하다 얼른 멈췄다. 누군가를 만나야 한다는 말은 괜히 했다.

"대단한 의미가 숨어 있는 음식인가 봐요. 한번 먹어보고 싶어요."

고동미가 고개를 끄덕였다.

나는 정성을 다해 파감로맨스를 만들었다.

"파감로맨스에 들어 있는 이야기가 궁금해요."

고동미가 말했다.

"내가 아는 아이 중에 매일 울기만 하는 아이가 있었거든. 매일 울어. 아침에 눈뜨면 저녁에 잠들 때까지. 그러니까 아이들이 그 아이를 만만하게 보고 괴롭혔지. 괴롭혀도 반항도 안 해. 그러니까 더 만만하게 봤겠지."

고동미는 젓가락을 들고 빈 접시를 바라보며 조용히

내 말을 들었다.

“아이들은 화가 나는 일이 있거나 스트레스받는 일이 있으면 그 아이에게 풀었어. 심심할 때도 그 아이를 놀렸고. 처음에야 놀리는 거로 시작했지만 폭력도 이어졌지. 폭력이라는 게 있잖아. 한번 시작하기가 힘들지, 시작하고 나면 아주 쉬워. 무슨 일이 있으면 일단 손부터 나가. 나도 말이야, 폭력이라는 건 전혀 모르던 사람이었어. 그런데 한번 시작하고 나자 밥 먹고 양치질하는 것과 똑같이 생각되는 거야. 무슨 일만 있으면 주먹부터 나갔어. 그러다 결국은 맞아서 죽기까지 했지만…….”

아차! 내가 지금 무슨 말을 한 거지? 나는 당황했다. 얼른 입을 틀어막는데 고동미가 나를 가만히 바라봤다.

“호호호호호호. 맞아 죽었다는 거는 취소. 맞아 죽었으면 내가 여기에 있을 리 없지. 아무튼 그렇다는 얘기야. 하지만 오해는 하지 마라. 나는 그 울보 아이를 지켜주기 위해 아이들과 싸우기 시작한 거니까. 내가 뭐 괜히 아이들을 괴롭히기 위해, 돈 같은 걸 뺏기 위해 그런 거는 아니라는 말이야.”

“그 이야기하고 파감로맨스가 무슨 상관이에요?”

“응? 으응. 상관이 있긴 한데 너무 길어서 다 말할 수가 없다. 아무튼 너도 아이들에게 약한 모습 보이지 마라.”

나는 서둘러 내가 흘린 말을 주워 담았다.

"얼마나 맞으면 죽을까요?"

고동미 말에 나는 정신이 번쩍 들었다.

"맞아 죽었다는 말은 잘못 나온 말이라니까."

"아줌마 말대로 죽었으면 여기에 있을 수 없지요. 아줌마가 맞아 죽었다는 말이 아니고요, 싸움도 많이 했다고 하니까 물어보는 거예요. 얼마나 맞으면 죽어요?"

"그, 그, 그야 나도 잘 모르지. 안 죽어봤으니까. 나는 절대 맞아 죽은 게 아니다."

"안다고요. 그냥 궁금해서 물어본 거예요. 이렇게 숨 쉬고 움직이고 말을 하는 사람이 어떻게 한순간 죽을 수가 있는지 도무지 상상이 안 되거든요."

나는 고동미 말에 아무 대답도 하지 못했다.

"아줌마가 이곳에서 오래오래 식당을 하면 좋겠어요. 어쩐지 아줌마가 친근하게 느껴지거든요. 그리고 미완성이라는 걸 알고 먹어서 그런지, 그런대로 먹을 만해요."

고동미는 파감로맨스를 먹고 돌아가며 이렇게 말했다.

고동미가 돌아가고 나서 나는 내 죽음에 대해 생각했다. 나는 대체 얼마나 맞았을까. 처음 맞기 시작할 때 느꼈던 고통은 지금도 기억난다. 그러나 고통이 극에 달하면서 그다음은 전혀 기억나지 않았다.

'나는 절대 후회하지 않아.'

나는 그 죽음을 절대 후회하지 않는다. 죽음에 대한 후회보다는 설이가 내 죽음을 두고 얼마나 힘들어했을

지, 그 울보가 얼마나 울었을지 그걸 생각하면 가슴이 아팠다.

설거지를 하고 있는데 쇠 긁는 소리가 들리며 문이 열렸다.

"어?"

의외의 인물 등장이었다. 구주미였다.

"무슨 일?"

나는 되도록 차분하게 말했다.

"오라고 했다면서요? 왜요? 저번에 죽인다더니 죽이려고요?"

구주미는 식당 안을 둘러보며 따지듯 말했다. 하도 기가 차서 말이 나오지 않았다. 오라고 하기는 누가? 맛있다는 소문이 살살 나니까 한번 와보고는 싶고 와보자니 저번의 그 일도 있고 해서 그러는 거겠지. 애가 폭력적인 것을 넘어서 앙큼하기까지 하네.

"나는 사람을 죽이는 사람 아니야. 식당에 왔으면 앉아서 음식부터 시키시지."

구주미는 대답 대신 화장실을 가리켰다.

"음식 이름이 뭐 저래?"

화장실에 다녀온 구주미가 메뉴판을 보고 말했다.

"아줌마를 보니까 음식 솜씨도 그저 그럴 거 같은데, 어떤 음식인지 한번 설명해주세요. 식당에 가면 셰프가 손님 앞에서 음식 설명하는 거 있잖아요. 뭐 아줌마가 그 정도의 셰프는 아니지만, 아줌마 솜씨를 믿을 수 없으니까 내가 좋아하는 재료로 만든 음식을 선택하려고요."

사람 기분 나쁘게 하는 데는 타고난 소질이 있는 아이였다. 그래도 우리 식당에 찾아온 손님인데, 성질 죽인 김에 원하는 대로 해주자고 마음먹었다. 나는 대충 세 가지 음식에 들어가는 재료를 말하고 조리 과정도 설명했다. 파감로맨스는 되도록 다음에 먹으라는 말은 하지 않았다. 먹거나 말거나. 솔직히 맛있는 걸 먹이고 싶은 마음은 눈곱만큼도 없었다.

"어, 비밀병기 저거 되게 낯익은 음식이네. 먹어본 거 같아. 저거 주세요."

무슨 그런 끔찍한 말을.

"어? 이 맛, 되게 낯익은 맛인데."

구주미는 비밀병기 하나를 입에 넣고 말했다.

"그런 끔찍한 말은 하지 마라."

나는 들릴 듯 말 듯 중얼거렸다.

"생각보다 괜찮네. 훌륭하지는 않지만 생각보다는 낫다는 거예요. 착각할까 봐 정확히 말하는 거예요."

"누가 뭐라니? 나도 너한테 음식 솜씨 좋다는 칭찬은 받고 싶은 생각 전혀 없단다. 그리고 더 먹고 싶은 표정인데 더는 안 돼. 우리 식당은 고급스러움을 추구하는 곳이거든. 게걸스럽게 많이 먹는 사람은 손님으로 안 받아. 다시 말해 한 사람 앞에 파는 음식의 양이 정해져 있다는 뜻이지."

"더 먹고 싶다고 한 적도 없는데, 완전 착각의 신이시네."

구주미는 빈정거리며 자리를 털고 일어났다.

"돈은 주고 가야지."

구주미가 그냥 나가려고 했다. 나는 구주미를 잡았다.

"뭔 돈요?"

"뭔 돈이라니? 식당에 와서 음식을 먹었으면 당연히 음식값을 내고 가야 하는 거 아니니? 여기는 돈을 받고 음식을 파는 곳이니까. 여기는 공짜로 음식을 주는 곳이 아니니까."

얘는 내가 생각했던 것보다 더 심각한 수준인 거 같았다. 아이들을 괴롭히고 폭력을 행사하며 다니는 아이인 줄만 알았는데, 돈도 없으면서 천연덕스럽게 음식을 시켜 먹고 배 째라는 식으로 나오다니.

"나는 절대 돈 못 내요. 왜냐하면 나는 이 식당에 오기 싫었어요. 이 정도 실력을 가진 식당은 수없이 많은데 굳이 여길 뭐 하러 오겠느냐고요. 그런데 아줌마가 나를 초대했다면서요? 아줌마는 초대해놓고 돈 내라고 해요?"

"초대? 누가? 누가 너를 초대해? 나는 너를 초대한 적 없어. 내가 세상에서 제일 증오하는 사람이 어떤 부류의 사람인 줄 아니? 힘없는 사람 골라서 괴롭히고 두들겨 패고 돈 뺏고 물건 뺏는 양아치 같은 사람들이야. 내가 미쳤다고 내가 싫어하는 부류의 사람을 초대하니?"

"사람 환장하겠네."

환장은 내가 하게 생겼다.

"아줌마가 나한테 맛있는 것도 주고 가르쳐줄 것도 있으니 꼭 오라고 말했다면서요? 그리고 누가 힘없는 아이 두들겨 패고 돈을 뺏어요?"

내가 이 두 눈으로 똑똑히 봤는데도 오리발이었다. 고동미를 무릎 꿇게 해놓고 주먹을 치켜들고 있는 거 다 봤다.

"내가 할 일이 없어서 너한테 맛있는 거 만들어주고 뭘 가르쳐주냐? 나, 바쁜 사람이다."

"아줌마만 바빠요? 저도 바빠요. 진짜 그런 말 한 적 없다는 말이지요? 구동찬, 너 죽었어."

구주미가 주먹을 불끈 쥐더니 입술을 깨물었다.

"돈은 나중에 갖다줄게요. 안 떼어먹을 테니까 걱정 붙들어 매요."

구주미는 문을 박차고 나갔다.

문 앞에 소금이라도 확 뿌릴까 생각하다 정신이 번쩍 들었다. 구주미가 좀 전에 구동찬이라고 했나? 구동찬! 구주미! 그렇다면 구동찬은 고동미 동생이 아니라 구주미 동생?

'구동찬 걔도 이상한 애네.'

숨을 헐떡이며 뛰어들어와 '누나가, 우리 누나가' 이랬다. 그날 동찬이의 행동을 보면 누구라도 맞고 있는 아이가 동찬이 누나라고 생각했을 거다. 이렇게 골고루 이상한 인간들만 모아놓은 동네도 없을 거다. 혼자서 변화하는 가족의 형태가 어쩌고저쩌고 생쇼를 했다.

저는 게를 먹으면 완전 죽어요

'좀 더 적극적으로 뭔가를 해야 해.'

매일 롤러코스터를 타듯 정신없이 보내다 보니 열흘이 훌쩍 지났다. 손바닥의 도장 자국도 눈에 띄게 줄어들었다. 시간이 얼마 남지 않았다는 생각이 들자 초조해졌다.

파감로맨스를 연구하고 새로운 방법으로 만들어보는 것을 잠시 멈추기로 했다. 일단은 설이를 만나는 게 중요했다. 설이를 만나지 못하면 파감로맨스를 완벽하게 만들어도 다 쓸데없는 짓이다. 그걸 만들어 이상한 사람들에게 먹이려고 내가 여기에 온 게 아니다. 설이를 만나려면 사람들을 많이 만나봐야 하고, 그러려면 적극적인 식당 홍보는 필수였다.

나는 새벽에 일어나 재료를 다듬고 음식을 만들 준비를 했다. 오전에는 번화가에서, 오후에는 학교 앞에서 시식회를 하기로 했다. 오전에 쓸 음식을 다 만든 다음 오후에 음식 만들 재료를 준비해서 냉장고에 넣어두었다.

창고를 뒤져 음식과 접시를 담아갈 종이 백을 찾아냈다. 음식과 접시 그리고 젓가락까지 꼼꼼히 챙기고 나서야 탁자가 떠올랐다. 시식회를 하려면 탁자는 꼭 있어야 하는 물건이다. 하지만 시식회를 하기로 마음먹은 장소까지는 탁자를 들고 갈 만한 거리가 아니었다. 그렇다고 해서 길바닥에다 음식 접시를 놓고 시식회를 할 수는 없는 일이었다. 한참을 탁자 앞에 서서 고민했다. 이렇게 고민만 하다 또 아까운 하루를 허비할 수 있다는 생각에 정신이 번쩍 들었다. 그래, 번화가까지는 도보로 15분 남짓의 거리다. 탁자 하나만 가지고 간다면 못 옮길 것도 없었다. 탁자와 음식 가방을 한 번에 가지고 가는 것은 불가능했다. 일단 탁자부터 옮기고 나서 음식 가방을 가져가기로 마음먹었다.

탁자의 무게는 생각보다 가벼웠다. 겉보기에는 원목으로 보였지만 원목결의 합판을 덧댄 탁자였다. 탁자를 번쩍 들고 식당을 나섰다. 얼마를 걸었을까. 어느 순간 번화가까지 걸어서 탁자를 옮기겠다는 계획이 얼마나 무모한 것이었는지 깨달았다.

"언니, 뭐 해요?"

뒤에서 왕 원장 목소리가 들렸다.

"식당이 이사 가는 거는 아닐 테고, 뭐 하는 거예요?"

"아니, 그냥 뭐……."

"혹시 시식회 하려고요?"

눈치가 백단이었다.

"맞네, 맞아. 어디서 시식회 하는데요? 가요, 내가 같이 들어줄게요. 어디예요?"

왕 원장이 들고 있던 빗을 머리에 대충 걸치고 탁자 맞은편을 들었다.

"저기 번화가, 쇼핑센터 있는 곳."

보나마나 놀라겠지. 아마 미친 사람 취급할 수도 있다.

"예? 쇼핑센터 있는 곳이요? 어머! 미쳤나 봐. 이걸 들고 거기까지 간다고요? 세상에 무식해도 이렇게 무식할 수가. 하지만 쇼핑센터가 있는 번화가에서 시식회를 한다는 것은 굿 아이디어예요."

미쳤다는 말 나올 줄 알았다. 왕 원장은 미용실로 들어가더니 종이상자 몇 개와 보자기를 들고 나왔다.

"식당에 가서 음식도 가지고 와요."

나는 왕 원장이 무슨 계획을 가지고 있는지도 모르면서 왕 원장이 시키는 대로 했다.

음식 가방을 가지고 예쁘다 미용실 앞으로 갔을 때, 왕 원장은 자동차에 박스를 싣고 있었다. 왕 원장은 음식 가방을 받아 뒷좌석에 싣고 운전석 옆에 타라는 손짓을 했다.

"언니는 운이 좋은 편이에요. 오늘 미용실 쉬는 날이거든요. 대청소라도 하려고 나왔는데, 뭐 대청소야 해도 그만, 안 해도 그만이지요. 오늘은 언니를 도와주는 날로 정했어요."

아니, 됐다고 부담스럽게 왜 이러느냐고 말하고 싶은데 그럴 상황이 아니었다. 왕 원장이 있어서 다행이었다.

"길에서 시식회 하는 거요, 그거 되게 쉬워 보이지요? 절대 쉽지 않아요. 뭐 아무 데나 마음에 드는 곳에 좌판 깔면 될 거 같지요? 풋, 세상 그렇게 만만치 않아요. 언니, 솔직히 말해봐요. 식당 처음 하는 거지요? 여태까지는 남의 식당에서 요리사로 있었던 거 맞지요? 남의 식당에서 일하는 것과 내가 직접 운영하는 건 완전 딴판이지요? 장사가 안 될까 봐 잠도 안 오지요? 그래서 시식회 아이디어를 생각해낸 거지요? 나도 마찬가지예요. 국내에서 내로라하는 선생님 밑에서 공부하고 외국까지 가서 헤어 공부를 했어요. 그리고 이름만 대면 다들 아는 미용실에서 일했지요. 언니, '크레오레파 헤어'라고 알지요?"

처음 듣는 이름이었다. 당연히 알고 있을 거라고 생각하는 걸 보니 유명한 곳인가 본데, 일단 고개를 끄덕였다.

"제가 크레오레파 헤어에서 수석 디자이너로 일했거든요. 그러다 독립을 해서 시내에 큰 미용실을 냈는데 손님에 깔려 죽을 정도로 바빴지요. 돈도 많이 벌었어요. 그런데 돈이 많이 들어오는 곳에는 꼭 돈 냄새를 맡고 기어오는 벌레들이 있거든요. 뭐 보기 좋게 사기당했죠. 그러고 나서 얼마가 더 지난 다음에 이 동네에 오게 되었지요. 나, 이 동네에서 미용실한 지 꽤 오래 된 거 같지요? 사실 한 달도 채 안 되었어요. 가만있어 보자, 여기 어디에 주차를 해야 하는데, 주차장이 어디 있지?"

왕 원장이 큰 사거리에서 좌회전을 하며 두리번거렸다. 한 달도 채 안 된 시간 동안 황 부장과 친구들에게 그 정도 신임을 얻은 걸 보면 친화력이 대단했다.

"손님 꽤 많아요. 하지만 처음부터 그랬던 거는 아니에요. 언니도 알다시피 거기 완전 죽은 상권이거든요. 하루 종일 앉아 있어봤자 파리만 날아다녔지요. 일단 사람을 오게 만드는 게 중요했어요. 그래서 내가 시작했던 게 헤어쇼였어요. 이 번화가에서 하루에 세 시간씩 무료로 머리를 커트해주는 헤어쇼를 했지요. 헤어쇼를 하는 첫날, 어떤 가게 앞에서 시작했는데 30분도 안 되어서 쫓겨났어요. 이 길 있잖아요. 너도 나도 다 걸어다니는 이 길. 이 길에 주인이 없는 거 같지요? 천만에요. 좌판을 깔고 뭐라도 시작하려면 어디선가 바람처럼 훼방꾼들이 나타나요. 옳지, 저기다."

왕 원장은 좌회전 후 100미터 정도 더 간 다음 우회전을 했다. 행복 주차장으로 들어가는 입구가 나왔다.

왕 원장이 종이 상자에 보자기를 뒤집어씌우고 음식을 세팅한 장소는 Y미용실 앞이었다. 왕 원장은 음식 한 접시를 보기 좋게 담아 Y미용실로 들어갔다. 자신보다 어려 보이는 Y미용실 원장에게 언니, 언니 하며 두 시간만 가게 앞에서 시식회를 하게 해달라고 부탁

했다. Y미용실 원장은 흔쾌히 그러라고 했다.

"먹어보라니까요."

왕 원장은 Y미용실 원장에게 자꾸 음식을 먹으라고 했다. 원래 아침을 안 먹는 스타일이라고, 곧 점심때가 되니 그때 먹겠다고 해도 막무가내로 자기가 보는 앞에서 먹으라고 졸라댔다. Y미용실 원장은 생긴 거와는 다르게 착하고 순했다. 보기에는 까탈스럽게 생겼는데 왕 원장이 졸라대는데도 싫은 내색 하나 하지 않고 비밀병기를 한 입 베어 물었다. 그러더니 우욱! 하고 들릴 듯 말 듯 구역질을 했다. 그걸 본 순간 자존심이 팍 상했다. 나는 왕 원장에게 먹기 싫어하는 걸 왜 억지로 먹게 하느냐고, 그건 음식에 대한 예의가 아니라고 말하고는 밖으로 나왔다.

오전이라 그런지 오가는 사람이 많지 않았다. 왕 원장은 지나가는 사람들에게 일부러 쫓아가 시식을 하고 가라고 잡았다. 신기하게도 사람들은 왕 원장이 잡으면 두 말도 하지 않고 왔다.

"돈은요, 벌려고 애쓰면 애쓸수록 올까 말까 망설여요. 돈을 벌려고 애쓰지 말고 일을 열심히 하자고 마음먹으면 돈도 오더라고요."

시식회를 마치고 식당으로 돌아오며 왕 원장이 말했다.

"나는 돈을 벌려는 게 아니에요."

나는 무심코 말했다. 왕 원장이 무슨 생각을 하든 말든 그냥 두어도 상관없을 텐데 나도 모르게 말했다.

이상하게도 왕 원장에게 마음이 끌렸다. 만나면 만날수록 괜찮은 사람이었다.

"그럼요?"

왕 원장이 물었다.

"믿을지 어쩔지 모르겠지만, 만나야 하는 사람이 있어요. 그 사람을 만나기 위해 식당을 하는 거예요. 자세히 말할 수는 없지만 아무튼 그래요."

"혹시 게 알레르기가 있는 사람?"

왕 원장이 식당 앞에 자동차를 세우며 물었다. 나는 놀라서 왕 원장을 바라봤다.

"음식을 먹는 사람들마다 게 알레르기가 있느냐고 묻는 거 같던데요. 그래서 넘겨짚은 거예요. 맞나 보네요."

왕 원장은 학교 앞에서 시식회를 할 때 다시 오겠다고 말하고 돌아갔다.

나는 오후에 시식할 음식을 만들기 시작했다. 미리 다듬어 준비를 해놓은 덕에 금세 끝낼 수 있었다.

종이 가방에 음식과 접시를 챙겨 넣고 있을 때였다. 쇠 긁는 소리가 나며 문이 열렸다. 갑작스러운 인물의 등장에 나는 내가 뭘 잘못 본 것 같아 눈을 한 번 힘껏 감았다 떴다. 구주미였다. 아직 학교가 끝나지 않을 시간인데 이상했다.

"학교 안 갔냐?"

나도 모르게 튀어나온 말이었다.

"그래도 학교에 못 갔을 거라는 짐작은 하고 있었나

보네요?"

애가 하는 말마다 왜 저렇게 애매하고 배배 꼬였는지 모르겠다.

"병원에서 뭘 먹었는지 정확하게 알아 오래요. 그래야 치료도 적절하게 할 수 있다고. 솔직히 물어보고 어쩌고 하고 싶지는 않은데요, 가려워서 견딜 수가 없어요. 미칠 거 같다고요."

"뭔 소리야?"

"어제 여기서 먹은 거요. 먹고 나서 이렇게 되었거든요."

구주미가 두 팔을 내밀었다. 팔뚝부터 손목까지 벌겋게 부어올라 있었다. 긁은 자국도 또렷했다. 구주미가 이번에는 목을 젖혔다. 턱밑도 두드러기가 잔뜩 솟아 있고 부어올랐다. 그러고 보니 얼굴도 전체적으로 부기가 있었다.

"제일 심각한 쪽."

구주미가 바지를 걷어 올리고 종아리를 보여줬다. 얼마나 긁었는지 피가 맺혀 있었다.

"음식에다 독약이라도 넣은 거예요?"

하여간 말하는 싸가지 하고는. 어디서 뭘 먹고 여기 와서 생떼람.

"내가 만든 음식을 먹고 이럴 리 없어. 재료가 얼마나 신선한데. 그리고 음식도 미리 만들어놓지 않았어. 네가 보는 앞에서 즉석으로 만들었잖아? 그건 너도 기억하지? 어떤 재료가 들어가고 어떻게 조리하는지 설명도 열심히 해주었으니까 기억나지 않는다고 말하지 못할걸. 다른 데 가서 물어봐라. 독약이라는 말이 스스럼없이 나오는 걸 보면 네가 평소에 어떤 식으로 살아가는지 알겠다. 사람들이 너한테 수시로 협박하나 보지? 네가 먹는 음식에 독약을 넣겠다고?"

내가 네 눈에는 어리숙하게 보이냐? 어림도 없다.

"발뺌하고 싶은 모양인데요. 안타까워서 어떻게 해요? 어제는 여기서 먹은 게 다였거든요. 아니다, 학교 급식도 먹었지요. 하지만 학교 급식을 먹고 탈이 난 거라면 왜 나만 탈이 났겠어요? 수백 명은 지금 멀쩡하게 학교에서 수업을 하고 있어요. 아무래도 수상해. 장사가 이렇게 안 되는데 재료가 신선할 턱이 없어."

구주미는 성큼성큼 주방으로 갔다. 그러고는 냉장고를 활짝 열어젖혔다. 그래, 확인해라, 확인해. 네 눈으로 확인하고 나면 할 말이 없겠지. 냉장고 안을 이리저리 뒤적이던 구주미가 이번에는 냉동실 문을 열었다.

"혹시 이거 넣은 거 아니에요?"

구주미가 다듬어서 지퍼백에 담아둔 게를 꺼내들었다.

"아마도 넣었겠지."

"넣었다는 말이에요? 넣지 않았다는 말이에요? 의사가 제대로 알아오라고 하잖아요."

"음식에 넣지 않을 재료를 뭐 하러 냉장고에 보관할까."

"아줌마!"

구주미가 소리를 빽 질렀다.

"아, 짜증나, 넣었어요? 안 넣었어요? 아줌마는 이렇게 심각한 상황에 그런 식으로 말하고 싶어요? 가려워서 미치겠다고요. 피가 나게 긁어도 시원하지 않다고요."

가렵고 시원하지 않은 거야 네 사정이지.

"넣었다. 그게 왜? 나는 너한테 분명히 게 알레르기가 있느냐고 물어봤고 너는 없다고 했었어."

"언제요? 아줌마가 언제 나한테 물어봤어요? 나는 그런 대답한 적 없는데요. 내가 바보도 아니고 게 알레르기가 없다고 말했다고요? 나는 게를 먹으면 완전 죽어요. 가려워서 죽는다고요. 입천장까지 긁어야 한다고요. 재료 설명할 때도 게는 들어가지 않았었는데, 하지도 않은 말을 했다고 은근슬쩍 발뺌하지 마시지요."

나는 펄펄 뛰는 구주미를 보며 기억을 더듬었다. 구주미가 식당에 들어오는 순간 당황했었지. 쟤가 여기에 무슨 일인가 하고. 나는 구주미에게 음식을 만들어줄 생각은 전혀 없었지만, 구주미가 꼭 먹겠다고 해서 할 수 없이 만들었었다. 구주미가 재료를 설명하라느니 어쩌느니 요구했고, 가만……. 맞다! 게 알레르기가 있느냐고 물어보는 걸 깜박했다. 그런데 가만! 구주미한테 게 알레르기가 있다고? 정신이 번쩍 들었다.

"분명 내가 게를 먹었다 이 말이지요? 나 죽으면 아줌마가 책임져요."

구주미는 문을 발로 차며 나갔다. 설마 구주미가 설

이? 그럴 리가 없다. 설이가 내가 가장 저주하는 모습으로 살아가고 있을 리 없다. 하지만…… 만호가 나를 이곳으로 보낸 것은 이곳 어딘가에 설이가 살고 있기 때문이고, 구주미한테 게 알레르기가 있다는 것은 구주미가 설이일 수도 있다는 말이다. 맙소사.

"언니, 이제 출발합시다."

그때 왕 원장이 왔다.

"시식회는 포기해야 할 거 같아요. 내가 갑자기 아파요."

"어디가요? 약이라도 사다줘요?"

"약으로 해결될 문제가 아니고요. 그냥 지금은 혼자 있고 싶어요. 생각할 게 너무 많아요."

"뭔지 모르지만 엄청난 충격을 받은 거 같군요. 그럼 일단 돌아갈게요."

왕 원장은 더 이상 묻지 않고 돌아갔다.

마음이 복잡했다. 괜히 설이를 찾아 나선 것은 아닐까. 설이를 내 기억 속에 간직하고 순리대로 따라가는 게 낫지 않았을까. 마음속에 간직했던 설이 모습을 내 욕심 때문에 스스로 망가뜨리고 있다는 생각이 들었다. 그 생각은 두려움으로 변했다. 내 마음속 설이가 어떤 모습으로 망가질지 무서웠다.

'어떻게 해야 하지?'

구주미가 설이라면 이쯤에서 돌아가고 싶었다. 그게 가장 현명한 선택일 수 있다. 하지만 돌아갈 수도 없고, 돌아가는 방법도, 돌아가는 길도 몰랐다. 그리고 결코 돌아갈 수 없는 길을 걸어왔다. 내가 걸어온 길은 일방통행이었다. 나는 정해진 시간이 지나면 한 자락 연기로 소멸할 거다. 손안에 가득 쥐고 있던 달콤한 사탕을 한꺼번에 흙바닥에 떨어뜨린 듯 당황스러웠다.

'식당 문을 당장 닫아버릴까.'

내 마음속 설이 모습을 고스란히 간직하는 방법은 구주미를 만나지 않는 것이다. 그게 최선이었다. 자리를 털고 일어나는데 문득 다른 생각이 들었다.

'내가 구주미에 대해 다 알고 있는 거는 아니잖아. 그리고 꼭 설이만 게 알레르기가 있는 건 아니야.'

나는 혼미해진 정신을 다잡았다. 구주미가 게 알레르기가 있다고 하는 바람에 정신줄을 제대로 놨다.

'좀 더 지켜보자. 설이가 아니길 바라면서.'

마음을 다잡고 있던 그때였다.

끼이이익.

쇠 긁는 소리가 나며 문이 열렸다. 고동미였다. 학교 다녀오는 길이냐고 물어보려는 순간, 고동미가 교복을 입지 않았다는 걸 깨달았다. 고동미는 망설이는 듯하더니 입을 열었다.

"아줌마, 어제 제가 먹은 거요."

나는 재빨리 고동미 팔을 살펴봤다. 벌겋게 부어 있었다. 얼마나 박박 긁었는지 긁은 자국이 마치 자동차 타이어 자국처럼 선명했다.

"의사 선생님이 제가 뭘 먹었는지 정확히 알아오면 치료하는 데 도움이 된다고 해서요."

"음식 알레르기라니?"

"예."

"뭘 먹으면 알레르기를 일으키는데? 내가 만든 음식 재료는 채소거든."

"채소 알레르기는 없어요. 해산물 알레르기가 있는데, 그런 재료는 안 쓰나요?"

나는 고동미에게 분명 게 알레르기가 있느냐고 물었고 고동미는 없다고 했었다.

"게를 넣었지. 너 게 알레르기 없다고 그랬잖아?"

내 말에 고동미는 잠시 눈을 끔벅거렸다. 그러더니 거의 울 거 같은 표정으로 변했다.

"혹시 아줌마가 말하는 게가 바다에 나는 그 게 말하는 건가요?"

"그 게 말고 다른 것도 있어?"

"저는 그게 개 알레르기인 줄 알았어요. 개털 알레르기는 없거든요."

아차! 배달 음식이나 포장 음식에 식탐을 부리는 강아지 이야기를 하는 바람에 고동미가 헷갈린 모양이었다.

식중독 사건 신고

"그게 그렇게 간단한 문제가 아니에요."

체육 선생이 비 내리는 창밖을 보며 한숨을 내쉬었다.

"저기 잘 보이는 곳에 '게 알레르기가 있는 분은 미리 말씀해주세요'라고 써 붙여놨어야지요. 손님들에게 공지를 했어야 한다고요."

체육 선생은 한 시간 넘게 앉아 이미 열 번도 넘게 했던 말을 또 했다. 그렇지 않아도 머릿속이 복잡하고 혼란스러운데 미칠 것만 같았다.

"대체 제가 어떻게 해야 하나요? 차라리 경찰에 신고를 해서 저를 잡아가라고 하세요. 선생님이 알레르기로 고생한 것도 아니고 병원에 다닌 것도 아니잖아요. 구주미와 고동미는 가만히 있는데 왜 선생님이 이러세요? 제가 잘한 것도 없는 거 같아 선생님이 하는 말을 잠자코 듣고 있었는데 너무 심해요. 그리고 아까도 말했다시피, 구주미와 고동미는 선생님이 가라고 해서 우리 식당에 온 게 아니라고요. 그러니까 선생님과는 아무 상관도 없는 일이라고요. 아, 진짜, 몇 번을 말해야 해요?"

"구주미와 고동미가 가만히 있다고요? 누가 그래요? 그렇게 간단한 문제가 아니라니까요. 저도 도의적인 책임이 있거든요. 아이들한테 홍보를 얼마나 많이 했는데요. 입가에 거품까지 물어가며 음식 칭찬을 했었지요. 고동미와 구주미에게 제가 직접 이 식당에 가라고 말한 것은 아니라도 말입니다. 선생님이 가라고 하니까 안전한 곳인가 보구나, 이렇게 믿고 왔을 거라고요. 교사는 자기가 한 말에 책임을 져야 한다고요. 저는 아이들이 이 집에 대한 트라우마에서 벗어나길 간절히 바랐어요. 이 집에 살던 가족은 사라졌어요. 어디로 갔는지 아무도 몰라요. 그런데 어느 순간 실종 사건이 살인 사건으로 변해 있었지요. 다들 그들이 죽었다고 믿어요. 그리고 그 가족이 집 밖으로 한 발자국도 나가지 않았다고 믿고 있고요. 소문이 어디에서부터 시작되었는지 모르지만, 우리 학교에 다니던 아이의 가족이라는 게 아이들에게는 큰 충격을 주었어요. 같이 학교에서 공부하고 놀고 밥 먹고 그랬던 아이가 어느 날 갑자기 그렇게 되었는데, 그 충격이 어땠는지는 굳이 말을 하지 않아도 아실 거예요. 저는 아이들이 그 아이를 그만 놔주기를 바라고 있어요. 친구들에게 저주를 거는 모습으로 나타난다는 말이 없어지길 바라요. 그래서 저는 이 식당이 아이들의 아지트가 될 수 있기를 바랐고, 그런 마음에 홍보를 한 거지요. 하루아침에 그렇게 될 수는 없겠지만, 사람의 온기가 가득 차게 되면 그럴 날이 올 거라고 믿었어요. 휴, 사장님과 제가 마주 앉아 이러고 있어봤자 뭔 뾰족한 수가 있겠습니까? 어차피 엎질러진 물인데."

체육 선생은 자리를 털고 일어났다.

"어찌 되었든 물의를 일으켜 죄송해요. 저는 교사가 그렇게 극한 직업인 줄 몰랐네요. 죄송해서 그러는데 제가 음식을 좀 만들어 드려도 될까요?"

나는 진심으로 말했다. 그러고는 대답을 기다리지 않고 곧장 주방으로 가서 음식을 만들기 시작했다.

"파감로맨스도 만들어주세요. 그 음식 맛도 궁금하군요. 어쩌면 식당 문을 닫아야 하는 사태가 올 수도 있고 그러면 먹어볼 기회가 없을 수도 있으니까 오늘 먹고 가야겠네요."

내가 소멸되는 날까지 타의에 의해 식당 문을 닫는 일은 없을 거라는 말을 하려다 말았다.

체육 선생은 파감로맨스 1인분을 먹고 3인분을 더 포장했다.

"맛있는데요."

나는 체육 선생의 평가에 다소 당황했다.

"어떤 사람은 감자와 섞인 파의 자극적인 냄새가 불행을 가져온다고 믿고 있지요."

내 말에 체육 선생은 피식 웃었다.

"그런 생각을 들게 만들었던 사연이 있었나 보군요."

체육 선생은 음식값을 냈다. 받지 않는다고 해도 막무가내였다. 이런 상황에서 교사가 공짜 음식을 먹으면 큰 문제가 될 수 있다고 했다.

"카드를 받지 않는 것도 문제가 될 수 있어요."

체육 선생은 한마디 더 하고 돌아갔다. 나는 받은 음식값을 계산대 위에 던져놓고 떨어지지 않게 그 위에 걸레를 올려놨다.

'구주미일까? 고동미일까?'

나는 창밖을 바라봤다. 설이가 구주미인지 고동미인지 무슨 수로 알아낼 수 있을까. 구주미와 고동미를 붙잡고 전생을 기억하느냐고 물어볼 수도 없고 말이다.

멍하니 창밖을 바라보고 있는데 빗속을 뚫고 검은 자동차 한 대가 다가와 주차를 했다. 검은 우산을 쓴 두 명의 남자가 자동차에서 내렸다.

"실례합니다."

골격이 크고 어깨가 유난히 벌어진 남자 둘이 문을 열고 들어왔다.

"요즘 세상에 전화 통화가 안 되어 직접 찾아오는 일이 다 있습니다. 경찰입니다."

갈색 티셔츠를 입은 남자가 식당 안을 휘 둘러봤다.

"이곳에 식당을 오픈했다는 말을 듣고 어떤 분인가 궁금했습니다. 우리 관할이라 이 집에 대해서는 너무나도 잘 알고 있는데 말입니다, 소문을 너무 민감하게 생각하실 필요 없습니다. 아주 샅샅이 다 찾아봤거든요. 소문은 진실이 아닙니다. 이 집 안은 개미 한 마리 숨을 곳이 없을 정도로 샅샅이 뒤졌거든요. 그나저나 온기가 돌아서 아주 좋습니다."

"경찰이 저한테 무슨 볼일이 있으세요?"

"신고가 들어와서요."

이번에는 흰색 티셔츠를 입은 남자가 수첩을 꺼내 들며 말했다.

"무슨 신고요?"

"이 식당에서 음식을 먹은 학생이 문제가 생겼다고 해서요. 식중독이라고 하던데요."

경찰은 식중독이라고 못 박아 말했고 나는 식중독이 아니라 알레르기라고 했다. 하지만 경찰은 내 말을 귓등으로 들었다.

"불행 중 다행인 것은 집단 식중독으로 가지 않은 거지요. 손님이 많았다면 집단 식중독이 되었을 테고, 그러면 보통 일이 아니거든요. 아무튼 경찰서로 나오셔야겠어요."

경찰이 돌아가기 전에 나는 누가 신고한 거냐고 물었다. 경찰은 구주미 부모님이라고 했다.

"도심 한가운데에 흉가로 남을 가능성이 많은 집이었는데 이렇게 식당이 생겨서 참 좋네요. 한번 와서 팔아 드릴게요. 대신 음식 재료 관리 잘하시고 위생과 청결에 신경 쓰셔야 합니다."

경찰은 곧 연락하겠다는 말을 남기고 돌아갔다. 휴대폰과 식당 전화 둘 중에 하나는 개통하는 것이 어떻겠느냐는 말도 했다.

경찰들이 돌아가기 무섭게 왕 원장이 들어왔다. 왕 원장은 비밀병기와 살살말랑 그리고 파감로맨스까지 각각 10인분씩을 주문했다.

"지금은 음식 팔기 곤란한데요."

"왜요?"

나는 구주미와 고동미의 알레르기 사건으로 경찰이 다녀갔다는 말을 했다. 그리고 알레르기가 아닌 식중독 사건이 될 것 같다는 말도 했다. 30인분을 사가는 걸 보니 미용실 손님들에게 주려는 거 같은데, 공연히 주고도 욕먹지 말라고 했다. 미용실 손님들 가운데 당근 알레르기, 양파 알레르기, 버터, 우유 알레르기가 없다고 장담할 수 없었다. 그리고 더 중요한 것은 지금 음식을 만들 기분이 아니었다. 음식을 만들어 팔 이유도 없었다. 구주미와 고동미 중에 누가 설이인지를 알아내면 된다. 둘 다 설이가 아니라는 게 밝혀지면 그때 다시 음식을 만들면 되는 거다.

"그리고 이제 음식을 만들어서 팔 의미도 없어요."

"왜요, 언니? 식당을 하다 보면 이런 일 일어날 수도 있어요. 저는요, 미용실 외에 다른 일은 단 한 번도 해본 적이 없거든요. 아주 오래오래 사람들 머리 만지는 일을 했지요. 그러다 보니 별별 일이 다 있었어요. 연예인 머리 스타일대로 해달라고 해서 해주면 마음에 안 든다고 다시 해달라고 해요. 두 말도 안 하고 다시 해주지요. 그래도 마음에 안 든다고 다른 디자인으로 해달래요. 파마약을 자주 쓰면 머리카락이 상하니 시간이 지난 후에 다시 해준다고 해도 자기 머리카락은 아주 강해서 그깟 파마약 정도에 굴하지 않는다고 당장 해달라고 졸라요. 또 해줄 수밖에요. 그러다 머리카락이 엉망이 되면 그제야 물어내라고 난리를 치지요. SNS에 그 미용실은 가지 말라고 아주 나팔을 불고 다녀요. 장사를 하다 보면 그야말로 속 터지는 일도 많이 생기거든요. 하나하나 다 신경 쓰다 보면 위에 빵꾸나요. 스트레스로 죽는다고요. 언니는 음식 만드는 거 좋아하잖아요? 타고난 거예요. 그러니까 식당을 할 때 가장 행복할 수 있다고요."

"음식을 만드는 걸 좋아하긴 하지요. 하지만 음식 만드는 걸 좋아하게 만든 사람이 없었다면 나는 음식을 만드는 일에 관심이 없었을 거예요. 내가 음식을 잘한다는 사실조차 모르고 살았겠지요. 나는 그 사람을 만나려고 이 세상에 왔는데, 이 세상에 그 사람이 살고 있다는 말을 듣고 내게 주어진 새로운 생을 포기하고……."

나는 말을 하다 깜짝 놀라 얼른 입을 다물었다. 절대 해서는 안 되는 말이었다. 한꺼번에 여러 가지로 충격을 받는 바람에 정신줄을 제대로 놨다. 힐끗 왕 원장 눈치를 봤다. 왕 원장 표정에 큰 변화는 없었다.

"아무튼 돈 욕심이 없다는 뜻이에요."

얼른 말을 얼버무렸다.

"그럼 각각 2인분씩만 포장해줘요. 나 혼자만 먹을

게요."

나는 비밀병기를 만들기 시작했다.

"새로운 생을 포기했다는 그 말, 말이에요."

왕 원장이 조심스럽게 말했다.

"신경 쓰지 마세요. 그저 돈이 필요 없는 사람이구나, 이렇게 생각하고 마세요."

나는 두 손을 휘저었다. 이런저런 변명을 더 하다 보면 해서는 안 될 말이 나올 수도 있을 거 같았다. 왕 원장이 휘젓는 내 오른손을 잡았다. 너무 놀라 숨이 턱 막혔다. 왕 원장은 내 오른손을 쫙 펴더니 손바닥을 바라봤다. 나는 얼른 왕 원장 손을 뿌리쳤다.

"혹시 해서 하는 말인데요. 나를 좋아하는 거예요? 그렇다면 마음 바꾸시지요. 왕 원장은 내 스타일이 아니거든요. 이상형이 아니라는 말이에요. 그러니까 쓸데없는 생각은 처음부터 하지 않는 게 좋아요."

나는 도장 자국을 들킨 거 같아 당황했다.

"식당 언니도 내 스타일은 아니에요."

왕 원장이 말했다.

"참 다행이네요."

"예쁘다 미용실 자리는 일 년 동안 빈 가게였지요. 원래는 금은방이었는데 금은방 주인이 갑작스레 쓰러져서 죽었고, 그 죽음에 소문이 붙으면서 의문의 죽음이 되었지요. 그 후로 빈 가게로 남아 있었다고 해요. 아무리 싸게 내놔도 절대 나가지 않고 말이에요. 그 빈 가게에 제가 미용실을 차린 거지요."

나는 왕 원장 말에 대꾸하지 않았다. 적막이 흘렀다. 그 적막이 말도 못 하게 불안했다. 왕 원장이 도장의 정체에 대해 알 리 없겠지만, 들켜서는 안 될 비밀을 들킨 거 같아 불안하기도 했다. 나는 무슨 말이든 해서 적막을 깨고 싶었다.

"혹시 구주미라는 학생에 대해 알아요? 구주미가 이 동네에 살고 있는 것은 확실하고, 며칠 뜸하긴 한데 구주미 동생이 우리 식당에 자주 왔었거든요. 아마 가까운 곳에 살고 있는 거 같고, 가까운 곳에 살고 있으면 구주미나 동생 동찬이 그리고 구주미 부모님도 머리하러 오지 않을까 해서 물어보는 거예요. 사실은 식중독이라고 경찰에 신고한 사람이 구주미 부모님이라고 하네요. 한 번은 만나봐야 할 거 같아서요."

나는 왕 원장에게 물었다.

"글쎄요. 머리를 하러 와도 손님이 스스로 이름을 말하지 않으면 물어보지 않거든요. 황 부장님이야 자기 입으로 본인의 개인 정보를 탈탈 터는 스타일이라 다 알고 있지만, 다른 사람들에 대해서는 잘 몰라요. 예쁘다 미용실을 시작한 지 한 달도 채 안 되었다고 그랬잖아요. 그럼 그만 가볼게요."

왕 원장은 아무 일도 없었다는 듯 평온한 얼굴로 돌아갔다.

저녁이 되고 밤이 되어도 비는 그치지 않았다.

내가 살았던 17년, 그 절반 안에는 늘 설이가 같이

있었다. 설이가 내 안으로 훅 치고 들어오고 나서는 내 인생이었지만 내 것이 아니었다. 나는 내 안에 웅크리고 있는 설이를 위해서라면 무슨 일이든 할 수 있었다. 설이가 좋아하고 설이가 웃는 일이라면 나를 갉아먹는 일이라도 서슴지 않았다. 그렇게 살다 보니 내가 왜 태어났는지 내 존재의 이유도 알 거 같았다. 설이가 보육원에 오고 나서 나는 엄마에 대한 그리움에서 벗어날 수 있었다. 나는 설이를 위해 존재했다.

마음이 텅 빈 듯했다. 구주미가 설이라고 해도 또는 고동미가 설이라고 해도 마찬가지였다. 구주미가 설이일 수도 있다는 생각을 했을 때 경악한 이유는 설이와 내가 그토록 미워했던 사람의 모습이어서였다. 하지만 고동미가 설이일 수도 있다는 사실을 확인했을 때도 나는 결코 기쁘지 않았다. 세상이 바뀌어 새로운 사람으로 살아도 결국은 또 그 모습이라는 사실이 절망으로 다가왔다.

나는 밤이 깊어서야 방으로 들어갔다. 잠이 오지 않아 뒤척이다 겨우 잠이 들려는 찰나였다. 무언가를 끄는 소리에 눈을 번쩍 떴다. 저번에 그 소리였다. 귀를 기울였다. 이층에서 나는 것 같기도 했고 아닌 것 같기도 했다. 정신을 집중하면 할수록, 귀를 기울이면 기울일수록 헷갈렸다.

나는 방에서 나왔다. 소리는 뚝 그쳤다.

불을 켜고 식당 안을 살펴봤다. 눅눅한 공기가 켜켜이 쌓인 식당 안에는 빗소리가 가득했다. 무심코 바닥을 보던 나는 뭔가 이상한 점을 발견했다. 바닥에 물기가 긴 줄처럼 그려져 있었다. 시계를 봤다. 새벽 2시였다. 왕 원장이 다녀가고 나서는 누구도 오지 않았었다. 나 역시 밖에 나가지 않았다. 왕 원장이 우산을 들고 들어오지는 않았지만, 설사 들고 와서 빗물이 흘렀다고 하더라도 지금 이 시간이면 마르고도 남을 시간이었다. 나는 천천히 문 쪽으로 갔다. 물기는 문에서부터 시작되었다. 물기를 따라갔다. 물기는 냉장고 앞에서 멈췄다. 나는 심호흡을 한 다음 천천히 냉장고를 열었다. 냉장고 안에는 새로운 재료가 들어 있었다. 한눈에 봐도 싱싱한 재료였다. 나는 재빨리 입구로 달려가 문을 열었다. 분명 문을 잠갔는데 잠금장치가 열려 있었다. 이중으로 된 잠금장치를 다 잠그고 잤는데 밖에서 가볍게 풀 수 있다는 게 놀라웠다.

'만호라면 이럴 수 있지.'

물기를 닦으려고 계산대 위에 놓인 걸레를 집어 들었다. 걸레를 드는데 뭔가 좀 허전했다. 생각해보니 체육선생이 내고 간 돈이 없어졌다.

곰곰이 생각해보니 며칠 전에도 돈이 없어지고 냉장고에 새로운 재료가 들어 있었다. 나는 동찬이를 의심했었다. 세상에 공짜가 어디 있느냐고 말하던 만호 목소리가 들리는 듯했다. 그렇다면 내가 돈을 내고 재료를 사는 건가? 재료는 공짜가 아니었다. 음식을 만드는 노동의 대가였다. 꽤 합리적이었다.

"잠깐."

나는 방으로 들어가려다 다시 멈췄다. 아까 들린 소리는 뭔가를 질질 끌던 소리였다. 저번에 나던 소리도 그랬다. 그런데 식당 바닥에 물기는 있었지만 뭔가를 끌고 간 자국은 없었다. 나는 천천히 천장을 바라봤다.

이층에 누군가 있는 거 같죠?

경찰서에 갔다 왔다. 구주미 엄마가 합의를 해줄 테니 병원비를 책임지라고 했단다. 오죽 없는 사람이면 흉가와도 같은 빈집에서 장사를 시작하겠느냐고, 불쌍하고 가엾은 사람 살리자는 차원에서 통 크게 먹은 마음이라고 했다. 통 큰 마음이 고맙긴 하지만 병원비를 줄 돈도 없으니까 알아서 하라고 말하고 돌아왔다. 남들이 보면 배짱 튕기는 거로 보일 수 있지만 정말 돈이 없었다.

경찰서에 다녀오고 나서 두 시간 뒤 구주미가 왔다. 얼굴이며 팔이 멀쩡해져 있었다.

"우리 엄마 성격이 보통 아니거든요."

구주미는 식당 안으로 들어서자마자 말했다.

"우리 동네 사람들 다 알아요. 우리 엄마 성질 더러운 거. 우리 학교 선생님들도 다 알걸요. 그런데요, 내가 우리 엄마한테 부탁했어요. 병원비 받지 말고 더 이상 이 문제를 크게 만들지도 말고 끝내자고요. 아줌마 입장에서 보면 엄청 고마운 일이지요. 대신 부탁이 있어요."

나는 구주미를 힐끗 바라봤다.

"한 번씩 여기에 와도 돼요? 음식 같은 거는 필요 없어요. 아줌마는 내가 오든 말든 신경 쓰지 마요."

"음식을 안 먹을 거면 식당에 뭐 하러 와?"

"이유는 묻지 말고요."

하긴 나도 구주미가 매일 식당에 오는 건 환영이다. 어찌 되었든 설이인지 아닌지 확인은 하고 떠나야 하니까.

"나도 너한테 음식 주는 거 되게 조심스러워. 게를 안 넣는다고 해도 또 식중독이니 뭐니 문제를 만들 수 있으니까. 하지만 음식을 먹지 않을 거면서 식당에는 왜 오겠다는 건지 이유는 물어봐야겠다."

"이유는 나중에 설명할게요. 아줌마한테 부탁하는 거예요."

구주미는 진심으로 말하는 거 같았다.

"그러든가."

나는 고개를 끄덕였다.

"대신 나도 부탁이 있다. 아줌마, 아줌마 이러지 좀 마라. 내 이름은 유채우니까 이름을 불러라."

구주미는 콧잔등을 찡그렸다. 그러더니 좋다고 말했다.

구주미가 돌아가기를 기다렸다는 듯 동찬이가 나타

났다.

"우리 엄마가 되게 무서운데 누나가 엄마를 달랬어요. 그래서 아줌마가 병원비 안 물어줘도 된 거예요."

"그러냐? 되게 고맙네."

나는 아무것도 모르는 척 대답했다.

"우리 누나가 뭐래요? 왜 왔어요?"

"나보고 사과하라고 하더라. 그런데 너한테 사과해야겠어. 네가 돈을 가져갔다고 의심했잖아? 그거 내가 오해한 거였어. 서랍에 넣어둔 줄 알았는데 다른 데 있더라고. 미안하다."

"그렇지요? 와, 진짜 억울해서 죽는 줄 알았네. 그래도 아줌마는 착한 사람이네요. 자기가 잘못한 걸 알고 사과를 하니 말이에요. 그런데 아줌마, 저 비밀병기 하나만 먹어도 돼요? 1인분이 세 개잖아요. 그런데 1인분을 먹으려면 돈이 모자라서요. 한 개만 팔면 안 돼요?"

동찬이가 2,000원을 내밀었다.

"곤란한데. 너희 엄마한테 허락을 받고 와야 할 거 같다. 또 식중독이니 뭐니 문제가 커질 수도 있으니까."

"아줌마, 제발요. 저는 게 알레르기 없어요. 그리고요, 다 썩은 음식을 먹어도 절대 식중독에 걸리지 않는다고요. 제발요. 혹시 말이에요, 식중독이 발생해도 우리 엄마한테는 여기서 뭐 먹었다는 말 절대 하지 않을게요. 죽을 때까지 비밀로 한다고요."

동찬이가 두 손을 공손히 모으고 간절하게 말했다.

나는 비밀병기 세 개를 만들어 동찬이에게 주었다.

두 개는 의심한 값이라고 했다.

“궁금한 게 있어. 너 저번에 왜 ‘우리 누나가, 우리 누나가!’ 이러면서 나한테 도움을 청했어? 너희 누나가 맞고 있는 것도 아닌데?”

동찬이는 내 말에 대답하지 않고 비밀병기만 먹었다. 생각해보니 이제 아홉 살 아이 입장에서는 그럴 수 있을 거 같았다. 맞든 때리든 다 떠나서 싸운다는 자체만으로 무서울 수 있으니까. 매일 누나라는 인간에게 구박을 받으며 살아가는 동찬이에게 애틋한 마음이 들었다. 나는 동찬이가 비밀병기를 먹는 동안 살살말랑을 만들었다.

“그날 너희 누나한테 맞던 아이 있잖아. 그 아이 어디 사는지 아니? 고동미라는 아이인데, 고동미도 알레르기 때문에 병원에 다녔거든. 그런데 너희 엄마가 식중독이니 뭐니 하면서 경찰서에 신고한 것과는 달리 고동미는 너무 조용해. 뭘 먹었는지 의사가 알아오라고 했다면서 다녀가고 나서는 끝이야. 고동미를 만나고 싶은데 혹시 고동미 집이 어딘지 알면 알려줄래?”

구주미를 계속 만나야 하는 것처럼 고동미도 만나야 했다. 그런데 얘가 그날 이후로 나타나지 않았다.

“알아요. 우리 누나랑 고동미 누나랑 진짜 베프였거든요. 매일 학교도 같이 가고 학교가 끝나면 같이 집에 오고 토요일하고 일요일에도 붙어서 살았어요.”

“그래? 그런데 어쩌다가 길에서 때리고 맞는 사이가 되었을까.”

"이유는 물어보지 마세요. 비밀이니까요. 집은 마음대로 알려줄 수 없어요. 대신 고동미 누나한테 아줌마가 궁금해하고 있다고 전할게요."

아침에 동찬이가 학교 가는 길에 들렀다. 고동미에게 내 말을 전해주었다고 했다. 동찬이는 나에게 휴대폰을 개통하는 게 어떻겠느냐고 물었다. 할 말이 있으면 꼭 찾아와야 하는 것이 힘들다면서 말이다.

나는 식당 문을 열지 않았다. 방에 앉아 손바닥의 도장 자국을 바라봤다. 삼분의 이 정도가 지워졌다. 며칠 동안의 경험으로 봐서 어떤 날은 조금 지워지고 어떤 날은 많이 지워지고 멋대로였다. 삼분의 이가 지났다고 해서 이제 고작 삼분의 일이 남아 있다고 생각할 일은 아니었다. 지나간 삼분의 이보다 남은 삼분의 일이 더 길 수도 있다. 도대체 어느 기준에 의해 도장 자국이 지워지는 건지 알 수가 없었다.

쾅쾅쾅.

누군가 문이 부서져라 두드렸다. 황 부장이었다.

"장사 안 해? 왜? 그 식중독 사건 때문에? 에이, 그렇다고 장사를 안 하냐? 장사는 배짱도 있어야 해. 문제가 생기면 그 문제를 해결하기 위해서 노력해야지, 주저앉기부터 하면 뭐든 성공 못 해. 진짜 왜들 이러는지 모르겠네."

황 부장이 한숨을 쉬었다.

"왜요? 어디 다른 식당도 문을 닫겠다고 해요?"

"그게 아니고, 오늘 머리 클리닉 좀 하려고 했는데 예쁘다 미용실 문도 닫혀 있더라고. 예고도 없이 문을 닫으면 대체 어쩌라는 건지, 원. 예쁘다 미용실 원장도 휴대폰이 없으니 전화를 해볼 수도 없고. 어제 오후에 눈치가 좀 이상했거든. 뭔가 불안해 보이기도 하고 말이야. 예쁘다 미용실 왕 원장이나 약속 식당 사장이나 우리 동네에서는 고마운 사람들이야. 예쁘다 미용실도 괴이한 사건이 일어났던 장소라는 건 알고 있지? 괴이한 사건이 일어나고 나서 빈 점포로 남아 있었는데 왕 원장이 미용실을 낸 거야. 미용실이 생기고 나서 사람들이 많이 몰려드니까 주변 분위기도 엄청 좋아졌거든. 그런데 이 불길한 예감은 뭔지 모르겠어. 나는 남이 느끼지 못하는 어떤 예감 같은 걸 잘 느끼는 편이거든. 아무튼 벌떡 일어나서 창문 열어젖히고 장사 시작해."

황 부장은 식당 창문이라는 창문을 다 열어주고 기어이 비밀병기 1인분을 시켰다.

'그나저나 왕 원장은 어디 간 거지?'

황 부장이 돌아간 뒤 나는 예쁘다 미용실로 갔다. 예쁘다 미용실 문에는 '오늘 사정이 있어서 하루 쉽니다'라는 종이가 붙어 있었다.

'겨우 하루 쉰다고 했네.'

황 부장이 너무 예민한 거 같았다. 사정이 있어서 영원히 쉰다는 것도 아니고 하루라고 못 박아놨는데 말이다. 하루 정도는 아플 수도 있고 다른 볼일이 생길 수도 있다. 공연한 황 부장의 호들갑 같았다.

구주미는 오후 늦게 나타났다.

"아줌마."

"아줌마라고 부르지 않기로 약속한 거 같은데."

"그게 중요한 게 아니고요."

"나는 중요해."

"아, 좋아요. 유채우 씨. 됐죠? 물어볼 게 있는데요. 거짓말하지 말고 있는 그대로 솔직히 말해주면 좋겠어요. 누군가 이층에 있다는 소문 있잖아요? 진짜 그런 거 같아요? 여기서 잠을 자니까 이층에 누군가가 있으면 소리가 들릴 거 아니에요?"

"신경 끊어. 이층에는 아무도 없어. 체육 선생님한테 대충 얘기 들었는데, 너희들이 이렇게 쓸데없는 생각을 하면 할수록 이 집은 도심 속 흉가로 자리 잡게 되어 있어. 그리고 너희 학교에서는 저주의 이층집으로 기억되겠지. 또 슬픈 것은 너희들 친구였던 아이가 저주를 주는 귀신으로 계속 남을 수 있다고. 친구를 꼭 그런 식으로 기억하고 싶니?"

나는 잘라 말했다. 그래야 할 거 같았다.

"아줌마가 뭘 안다고 그래요?"

"아줌마라고 부르지 말라고 했다. 물론 나는 아는 거 없어. 하지만 며칠째 이 집에 살고 있으니까 이층에 누가 살고 있는지 아닌지 정도는 알 수 있는 거 아니냐? 내가 아는 걸 말했을 뿐인데 뭘 그렇게 잡아먹을 듯 노려봐? 척 보니 너희들은 이층에 누군가 있기를 원하는 모양이구나. 소문대로 다 맞아떨어지길 바라는 모양이야. 내가 확실한 사실 하나 알려줄까? 무슨 소리를 듣긴 들었지. 이층에서 나는 소리 말이야. 하지만 빈집에서도 소리는 들려. 그게 뭐냐면 시멘트와 시멘트 사이에 벽돌이 들어가고 그 사이에 공간이 생기잖아? 거기에서 소리가 난다고 하더라고. 예전에 내가 살던 곳에서는 벽에서 쿵! 소리가 자주 났었거든. 방바닥과 벽 사이에 금도 가고 말이야. 나는 혹시라도 건물이 무너져 내리는 거는 아닌가 걱정을 했는데 그게 아니라고 하더라고. 그리고 가끔 한밤중에 냉장고 뒤에서 드드드득! 하고 가스레인지 점화하는 소리도 들렸거든. 그 소리도 벽에서 나는 소리였어. 혹시 이층에서 소리가 난다고 하더라도 말이다. '쿵쿵쿵'이든 '콩콩콩'이든 이층에서 나는 소리도 당연히 그런 소리라고 생각해. 만약 무섭고 섬뜩한 소리였다면 내가 여기서 잠을 잘 수 있겠니?"

구주미는 미간을 찡그리고 내 말을 들었다.

"다음에 올게요. 시간은 오고 싶을 때 아무 때나 상관없지요? 밤 열 시에 올게요. 엄마한테는 독서실 간다고 말하고 나오면 돼요. 독서실에서 공부한다고 하고 두 시에 들어가면 된다고요."

"그건 곤란해. 예의는 지켜야지. 그 시간은 자는 시간이거든."

"뭐 어때요. 잠자는 거 방해 안 해요. 그냥 방 한쪽에 조용히 있을게요. 한 가지 미안한 것은 두 시에 예쁘다 미용실 앞까지는 나를 바래다주어야 한다는 점이지요. 하지만 정 귀찮으면 그렇게 하지 않아도 상관없어요."

"너랑 나랑 같은 방에 있자는 말이야? 한밤중에? 여자, 남자가 그러면 곤란하지."

"아, 뭐야? 지금 제 앞에서 커밍아웃하는 거예요?"

아차! 내가 지금 아줌마 모습이라는 걸 깜박 잊고 있었다. 나는 무슨 그런 말을 하느냐고 펄쩍 뛰었다. 내 정체성에 대해 의구심을 갖지 않게 하기 위해 어쩔 수 없이 구주미가 하고 싶은 대로 하라고 했다.

나는 구주미와 함께 식당에서 나왔다.

"오늘은 바래다주지 않아도 상관없어요."

"운동하러 나간다. 내가 너를 바래다주려고 나가는 줄 알았냐. 뭔 착각을 그렇게 자유자재로 하냐?"

"그래요? 하긴 척 봐도 운동은 좀 해야겠네요. 무슨 배짱으로 대책 없이 살을 그렇게 붙여요? 내일부터는 밤 두 시에 운동 어때요? 달 보고 운동하면 운치도 있잖아요."

나는 구주미가 말하는 걸 들으며 이 애가 설이일 가능성은 거의 희박하다는 결론을 내렸다. 아무리 다른 세상에서 다른 사람으로 태어났다고 하더라도 이 정도로 극과 극을 치달릴 수는 없는 거다.

"너 혹시 전생에 뭐로 살았는지 궁금해해본 적 있냐? 사람으로 살았다면 어떤 사람이었는지. 가끔 데자

뷔처럼 전생의 모습이 앞을 스치고 지나가기도 한다던데, 그런 적 없어?"

구주미가 설이와는 거리가 멀다는 확신이 들자 마음이 편해졌다. 마음이 편해지자 이런 질문도 스스럼없이 나왔다.

"몰라요. 관심 없어요."

구주미는 내던지듯 말했다.

구주미와는 예쁘다 미용실 앞에서 헤어졌다. 예쁘다 미용실은 캄캄했다. 오늘 하루 쉰다는 안내 종이가 바람 따라 펄럭이고 있었다.

"야."

나는 저만큼 가는 구주미를 불러 세웠다.

"왜요?"

"너 예쁘다 미용실에 대해 아는 거 있냐?"

"당연하지요. 내가 공연히 예쁘다 미용실 앞까지는 바래다주어야 한다고 했겠어요? 금은방 아저씨의 죽음 이후로 가게가 계속 비어 있다가 예쁘다 미용실이 들어선 거지요. 금은방 아저씨가 죽기 전에는 도넛집 아저씨가 죽었고, 도넛집 아저씨가 죽기 전에는 서래 미용실 아줌마가 죽었어요. 저 자리가 금은방 전에 도넛 가게였고 도넛 가게 전에 미용실이었거든요. 이상한 건요, 서래 미용실 아줌마와 도넛 가게 아저씨 그리고 금은방 아저씨 모두 갑작스러운 뇌출혈이었어요. 금은방 아저씨의 죽음 이후로 한동안 가게가 비어 있었어요. 예쁘다 미용실이 생기고 나서는 분위기가 확 바뀌었거든요. 그런데 오늘 저 안내문을 보는 순간 뭔가 싸한 기분이 들었어요. 아무튼 달밤에 운동 약속한 거예요?"

구주미는 손을 흔들며 돌아섰다.

밤새 천둥이 쳤다. 냉장고에는 딱 6,000원어치 정도의 새로운 재료가 들어 있었다. 문에서부터 냉장고 앞까지 빗물이 줄줄 흘러 있었다. 하지만 뭔가를 끈 흔적은 역시 보이지 않았다. 6,000원어치는 끌고 다닐 정도로 많은 양도 아니었다.

나는 손바닥을 확인했다. 도장 자국은 좀 더 줄어들었다. 이곳에 온 지 20일이 지났다. 100일까지는 한참이 남아 있기는 했지만, 내가 100일을 꽉 채운다는 보장은 없었다. 어느 순간 도장 자국은 확 줄어들 수 있다. 내게 며칠이나 남았는지 가늠할 수 없어서 더 불안했다.

'가만 생각해보니 사람들이 찾아올 때 자국이 덜 지워지고 사람들이 오지 않으면 더 많이 지워지는 거 같아.'

확실하지는 않았지만 그런 거 같기도 했다.

비밀 계단

아침이 되자 비가 그쳤다. 식당 문을 열어놓고 오전 내내 잡초를 뽑았다. 내 짐작이 맞을 경우 도장 자국이 천천히 사라지게 하는 방법은 식당에 사람이 드나들도록 만드는 것이다. 뽑은 잡초가 수북했다. 나는 집 뒤쪽으로 뽑은 잡초를 옮겼다. 20일을 지내면서 집 뒤쪽은 처음이었다. 낮은 담이 있었고 담 밑에는 깨진 유리와 쓰레기들이 나뒹굴고 있었다.

나는 페인트칠이 군데군데 벗겨진 담을 훑어봤다. 위로 올라갈수록 페인트는 더 벗겨져 있었다. 이층에 작은 발코니가 있었는데, 담을 타고 뻗어 올라간 넝쿨은 발코니에서 멈춰 있었다. 넝쿨이 멈춘 곳에는 검은 철제로 된 작은 문이 하나 있었다.

뽑은 잡초를 한편에 정리하고 식당으로 들어왔다. 내친김에 며칠 동안 하지 않았던 화장실 청소를 하기로 마음먹었다. 그리고 화장실과 붙어 있는 창고도 대대적으로 청소하기 시작했다. 창고에는 온갖 잡동사니가 그득했다.

"이건 또 뭐야?"

뭔가 들어 있는 자루를 들어내자 허리까지 오는 나무문이 있었다. 조심스럽게 손잡이를 당기자 나무 뒤틀리는 소리를 내며 문이 열렸다. 곰팡이 냄새가 와락 문밖으로 달려 나와 안겼다. 어둠이 차차 익숙해지자 좁고 가파른 계단이 눈에 들어왔다.

'이층으로 올라가는 계단인가?'

나는 잠시 망설이다 계단에 발을 올려놨다. 삐거덕! 삐거덕! 내 발자국 소리에 한 번씩 심장을 어루만지며 걸음을 멈췄다. 계단은 철제문 앞에서 끝났다. 철제문을 열었다. 아까 봤던 발코니에 있던 바로 그 문이었다. 이층으로 연결되는 계단인 줄 알았는데 아래층 창고와 연결된 문이었다. 철제문을 통해 들어온 햇볕이 계단을 비췄고 나는 철제문과 마주 보고 있는 나무문을 발견했다. 나무문은 낡을 대로 낡아 한쪽 끝이 약간 주저앉아 있었고 제법 큰 틈이 있었다. 손잡이를 잡고 당기자 힘겹게 열렸다.

나무문을 열자 거실이었다. 짙은 나무색의 블라인드가 쳐진 거실은 컴컴하고 을씨년스러웠다. 금방 뭔가 나타난다고 해도 전혀 이상하지 않을 것 같은 분위기였다. 나는 코끝을 밀고 들어오는 냄새에 코를 잡았다. 한 번도 맡아보지 못한 비릿하면서도 퀴퀴한 냄새였다.

나는 조심스럽게 블라인드를 걷었다. 눈부신 햇살이 쏟아져 들어왔다. 소파와 마주 보는 벽에 빨간 옷을 입은 괴물체의 그림이 있었다. 사람이라고는 부를 수 없지만 그렇다고 해서 언뜻 떠오르는 동물도 없어 괴물체라는 말이 딱 어울렸다. 액자 아래 베이지색 벽에는 빨간 물감을 뿌려놓은 듯한 자국들이 있었다. 벽에서 한 발자국 뒤로 물러섰다. 파도처럼 밀려드는 공포가 엄청났다. 그때였다. 어디선가 바람이 들어오며 블라인드가 움직였다. 나무문 틈새로 들어온 바람인지 아니면 다른 곳에서 들어온 바람인지는 알 수 없었다. 드드드득, 블라인드가 흔들리며 소리를 냈다. 그 소리가 자꾸만 심장을 때렸다.

'빨리 살펴보고 내려가자.'

나는 거실 바닥을 자세히 살펴봤다. 아무리 봐도 뭔가를 끌고 다닌 흔적은 없었다. 먼지가 있어서 뭔가 끌고 다녔다면 자국이 남았을 터였다.

나는 조심스럽게 안방으로 들어갔다. 다른 것은 쳐다보지 않고 바닥만 확인하고 나왔다. 역시 뭔가를 끌고 다닌 자국은 없었다. 안방 맞은편에 있는 작은 방문을 여는 순간, 책상이 눈에 들어왔다. 책상 위에는 책이 펼쳐져 있고 책상 한쪽에는 가방이 놓여 있었다. 침대 위에는 체육복이 그리고 책상 밑에는 농구공이 있었다. 책을 읽다가 잠시 방에서 나간 듯, 방 주인이 금방이라도 들어올 거 같았다. 거실의 싸늘한 풍경과는 많이 달랐다.

작은방 바닥에도 뭔가를 끌고 다닌 흔적은 찾아볼 수 없었다. 이층에 방은 두 개였다. 화장실과 주방 바닥까지 살펴본 다음 일층으로 내려왔다.

'어디로 간 걸까?'

금방이라도 주인이 돌아올 것 같은 방을 보고 나서 그런지 견딜 수 없을 만큼 궁금했다. 이 집에 살던 가족들의 갑작스러운 실종 사건. 그리고 동네를 떠도는 무서운 소문. 이층에 들어갔을 때 말로 표현할 수 없는 공포를 느끼기는 했지만, 책상이 있던 방은 의외로 차분했다. 무서운 사건이 일어났던 장소는 절대 아니라는 느낌이 들었다. 그 느낌은 강했다.

청소를 마저 하고 있을 때 왕 원장이 왔다. 어디 갔었느냐고 물어보려다 말았다. 왕 원장은 피곤해 보였다. 말을 붙이기 미안할 정도였다. 왕 원장은 의자에 털썩 앉아 말없이 창밖을 내다봤다.

"알레르기였던 거죠?"

한참 후에 왕 원장이 물었다.

"예?"

"학생 둘이 탈이 났다고 했잖아요. 그 둘 중에 누구예요?"

"예? 그게 무슨 말……."

나는 왕 원장을 빤히 바라봤다.

"뭘 그렇게 놀라요? 둘 중에 식당 언니가 찾는 사람이 누구냐는 말이지요."

뭐라고 대답해야 할지 망설여졌다. 왕 원장이 설마

도장의 정체를 알고 있는 건 아닐 테고 대답을 잘해야 했다. 공연히 오버해서 말하지 말고 말이다.

"둘 다 제가 찾는 사람은 아니에요. 지금 생각해보니 꼭 찾아야 할 이유도 없고요. 찾으면 찾는 거고, 못 찾으면 못 찾는 거지요. 별로 중요한 일도 아니고. 그나저나 어디 다녀오셨어요? 황 부장이 찾고 난리던데."

왕 원장은 대답하지 않았다. 무심히 창밖만 내다봤다.

"밥은 먹었어요? 몹시 피곤해 보여요. 무슨 일인지 모르지만 굶고 다니지는 말아요. 비밀병기 먹을래요? 아니면 살살말랑? 파감로맨스? 지금 먹기 싫으면 포장해줘요?"

왕 원장은 천천히 고개를 저었다.

"무슨 일 있어요?"

나는 조심스럽게 물었다.

"이제 음식을 포장해가는 일은 없어요. 다 의미 없는 짓이었어요."

왕 원장은 자리를 털고 일어났다.

"무슨 일인데요?"

"얘기할 수 없는 비밀은 누구에게나 있는 거지요. 하지만 식당 언니에게는 내 대단한 비밀을 다 털어놓을 거 같은 예감이 들어요. 물론 지금 당장은 아니에요."

왕 원장은 의자를 탁자 밑으로 밀어 넣었다.

"오늘은 미용실 문 열어요?"

"글쎄요. 생각 좀 해보고요. 이제 미용실에 사람이

찾아오는 것도 반갑지 않아요. 다 의미 없는 짓이에요. 그냥 미용실 문을 닫아버릴까 생각 중이에요. 매일 파마하고 머리 자르고 염색하고, 그게 무슨 의미가 있겠어요?"

오늘따라 왕 원장은 의미 없다는 말을 입에 달았다.

"사람이 의미 있는 것만 찾아가며 어떻게 살아요? 살다 보면 의미 있는 일이 생기는 거지요. 일부러 의미 있는 일만 찾다보면 지칠 거예요. 힘내서 살다 보면 또 의미 있는 일이 저절로 찾아올 거예요."

무슨 말이라도 해서 왕 원장을 위로해주고 싶은데 말을 하다 보니 내가 무슨 말을 하고 있는지 스스로 생각해도 헷갈렸다.

왕 원장이 돌아가고 나서도 나는 한참 동안 밖을 내다봤다. 왕 원장은 왜 갑자기 모든 것이 다 의미 없어졌고 미용실 문까지 닫으려고 하는 걸까. 파마해주고 염색하고 머리 자르는 일이 꽤 신나 보였는데. 왕 원장에게 무슨 일이 생긴 게 분명했다, 모르긴 몰라도 엄청나게 심각한 일인 것은 분명했다.

나는 비밀병기와 살살말랑 그리고 파감로맨스를 만들어 포장했다. 모른 척하고 지나가려고 해도 왕 원장 얼굴이 하도 안되어 보여서 그럴 수가 없었다. 입맛이 없어도 음식이 눈앞에 있으면 마음이 달라질 수도 있다.

예쁘다 미용실 문은 닫혀 있었다. 어제 붙여놨던 종이가 그대로 붙어 있었다. 나는 미용실 문을 두드렸다.

한참을 두드리고 나서야 왕 원장이 나왔다. 왕 원장은 부스스한 얼굴로 들어오라는 손짓을 했다. 나는 포장한 것을 내밀었다.

"이제 필요없다니까요."

왕 원장은 포장 음식을 물끄러미 바라보며 천천히 고개를 저었다.

"무슨 일인지는 모르지만, 그렇게 많이 먹던 사람이 갑자기 안 먹으면 죽을 수도 있어요."

나는 미용실 소파에 앉아 포장 음식을 탁자 위에 올려놓고 젓가락을 왕 원장 손에 쥐여주었다.

"먹어요. 내가 원래 이렇게 알뜰살뜰한 성격은 아닌데, 나한테 고맙게 대해준 것도 있고 또 이상하게 왕 원장한테는 마음이 가더라고요. 무슨 일인지 모르지만 굶지 말고 일단 먹고 문제 해결에 대해 생각해보라고요. 굶으면 머리도 꽉 막혀서 생각날 것도 안 나요."

왕 원장이 젓가락을 받아들었다.

"내가 조언 하나 해줘요?"

내 얼굴을 물끄러미 바라보던 왕 원장이 말했다.

"나한테요?"

"내 짐작이 틀릴 수도 있지만, 맞는다고 생각하고 하는 말이에요. 아마 내 짐작이 99.9퍼센트 맞을 거예요. 아등바등 찾지 말아요. 그냥 모르면 모르는 대로 두라는 말이에요."

왕 원장 목소리는 거의 땅을 파고들었다.

뭘 아등바등 찾지 말고 뭘 모르면 모르는 대로 놔두

라는 말인지, 말을 하려면 알아들을 수 있게 처음부터 해야지 무슨 말인지 도무지 알아들을 수가 없었다. 게 알레르기가 있는 사람을 아등바등 찾지 말라는 뜻 같기도 하고 아닌 거 같기도 했다. 왕 원장은 비밀병기 하나를 오랫동안 먹었다.

“이건 처음에 어떻게 만들게 된 거예요? 비주얼을 처음 봤을 때 어디서 먹어본 듯한 음식이었는데, 그래서 재료까지 알아맞힐 수 있었는데 정작 맛은 영 다르더라고요.”

왕 원장이 물었다.

“왕 원장이 예전에 먹어봤던 그 음식과는 전혀 다른 음식일 거예요. 내가 친한 친구와 개발한 음식이거든요. 세상에 단 하나밖에 없는 레시피예요.”

“아하, 저번에 말했던 그 사람? 음식을 만들게 해준 그 사람 말이군요. 많이 좋아했지요?”

왕 원장이 물었다.

“예?”

“이런 질문을 하는 게 웃기네요. 당연히 말도 못 하게 좋아했겠지요. 그러니까 지금 이 자리에 있는 걸 테고요.”

나는 왕 원장 말에 얼른 대답하지 못했다. 왕 원장이 나에 대해 뭔가 알고 있는 거 같긴 한데 어느 정도 알고 있는지 도무지 눈치챌 수가 없었다.

“나도 엄청나게 좋아하던 사람이 있었어요. 아니지요, ‘좋아하던’이 아니라 ‘좋아하는’이라고 말해야 옳아요. 지금도 여전히 좋아하고 있으니까요. 나는 어느 순간부터 내가 살아가는 이유가 그 사람 때문이라고 여겼어요. 그 사람이 행복해지는 일이라면 뭐든 다 해줄 수 있을 거 같았지요. 하지만 내가 그 사람을 위해 할 수 있는 일이라고는 머리에 관한 것뿐이었어요. 나는 미용사였으니까요. 나는 그 사람 머리를 세상에서 제일 멋지게 만들어주고 싶었어요. 냄새 안 나는 가장 좋은 파마약에 영양제를 듬뿍 넣어서 반들반들 윤이 나는 머리로 만들어주고 싶었지요. 옅은 갈색으로 염색을 해도 되게 예쁠 거 같았고 이렇게 파란색이나 빨간색도 괜찮을 거 같았어요."

왕 원장이 자신의 머리를 가리키며 말했다.

'실연당했나?'

문득 든 생각이었다. 그렇지 않고서야 뜬금없이 저런 말을 하지는 않을 거다. 그래서 기분이 다운되어 있는 거구나.

"머리를 예쁘게 해주고 싶은 만큼 살도 찌게 해주고 싶었어요. 맛있는 것, 입에 맞는 것을 부지런히 먹게 해서 살이 푹푹 찌게 하고 싶었어요."

"에이, 그건 아니지요. 좋아하면 다이어트하는 데 도움을 주어야지, 도리어 살을 찌우게 한다고요? 설마 매일 기름기가 좔좔 흐르는 음식을 사다 바친 것은 아니겠지요? 어? 표정을 보니 그랬나 보네. 나한테 하는 것처럼 매일 언니, 언니 하면서 기름기가 흐르는 음식을 사다 바쳤다면 그건 심각한 문제예요."

나는 분위기를 업시키려고 일부러 장난기를 섞어 말했다. 왕 원장은 대답하지 않았다.

"이제 그만 가요. 좀 쉬어야겠어요."

왕 원장이 말했다. 나는 좀 더 먹으라는 말을 하려다 그만두었다. 내가 왕 원장이라고 해도 지금 먹고 싶은 심정이 아닐 거 같았다. 나는 조용히 자리에서 일어났다.

"나중에 마저 먹도록 할게요."

왕 원장이 미안한 표정을 지으며 말했다.

"저기, 궁금해서 그러는데요. 지금 이 상황에서 이런 말을 물어보는 건 좀 아니다 싶은 생각도 드는데요. 그래도 물어봐도 돼요?"

나는 왕 원장에게 물었다. 왕 원장이 고개를 끄덕였다.

"아니에요."

나는 그만두기로 했다. 그렇지 않아도 세상 모든 게 다 귀찮을 정도로 다운되어 있는 왕 원장이다. 말에 언니라는 호칭이 쏙 빠진 것만 봐도 기분을 충분히 알 거 같았다. 거기에 대고 이런 질문을 하는 것은 상처 난 자리에 소금을 뿌리는 것과 같았다.

"그래도 미용실 문을 아주 닫지 않았으면 좋겠어요. 사람들이 다 이 미용실을 좋아하더라고요."

이 말은 진심이었다.

"묻고 싶은 말이 뭐였어요? 나는 괜찮으니까 물어봐요."

왕 원장이 물었다.

"그게…… 머리를 멋지게 해주고 살찌게 해주고 싶었던 사람이 혹시 Y미용실 원장님 아닌가요?"

Y미용실 원장은 바람이 불면 날아가게 생길 정도로 야윈 몸이었다. 머리야 뭐 자기가 미용실 원장이니까 스스로 잘 알아서 파마도 하고 염색도 했지만, 어쩐지 왕 원장이 말하는 그 여자가 Y미용실 원장일 거 같다는 강한 생각이 들었다. 왕 원장은 대답 대신 유리문 너머로 골목을 내다봤다. 왕 원장 얼굴이 불그스름했다.

"아니에요."

한참 후에 왕 원장이 말했다. 아니긴, 얼굴을 붉히는 걸 보니 맞구먼. 그 여자가 Y미용실 원장이 맞는다면 왕 원장의 일방통행이 확실한 거 같다. 시식회를 하러 나갔던 그날 내가 본 Y미용실 원장은 왕 원장에게 좋아하는 감정 같은 거는 눈곱만큼도 없어 보였다. 왕 원장 혼자서 열심히, 열심히 일방통행을 내달린 것이다. 나는 더 이상 아무 말도 하지 않았다. 한마디라도 더하면 왕 원장이 울음을 터뜨릴 거 같았다.

살아 있으면 좋겠어요

밤이 깊어지자 구주미가 왔다. 무슨 생각인지 동찬이를 데리고 왔다. 동찬이는 자다가 끌려왔는지 몸도 제대로 못 가눈 채 눈을 반은 감고 식당 안으로 들어왔다. 동찬이는 좀비처럼 걸어 방으로 가더니 풀썩 엎어져 잠이 들었다.

"초등학교 2학년을 데리고 독서실 간다고 했냐?"

"엄마 아빠는 동찬이 데리고 온 거 몰라요. 자는 거 끌고 왔으니까요. 아마 방 안에서 잘 자고 있다고 믿고 있을걸요. 만약의 경우 아줌마가 잠이 들어버리면 솔직히 혼자 갈 자신이 없었어요. 아줌마도 졸리면 자요."

구주미는 동찬이 옆에 쪼그리고 앉았다. 얼굴에 비장함이 들어 있었다.

"도대체 뭘 알고 싶은 거니?"

"고동미 여기에 왔었어요?"

구주미가 다른 말을 했다.

"왔었지. 왔었으니까 그걸 먹었고 알레르기를 일으킨 거지. 뭐 니들 입장에서는 식중독이라고 말하고 싶겠지만."

"아니요, 그다음에요. 그다음에 왔었느냐고요?"

"아니. 그럼 볼일 보고 나중에 집에 갈 때 깨워라. 약속대로 달밤에 운동하러 갈 테니까."

동찬이 말로는 고동미에게 내 말을 전했고 고동미가 온다고 말했다고 했다. 나도 고동미를 기다리고 있는데 아직 오지 않고 있다. 나는 귀퉁이에 쪼그리고 누웠다.

밤이 깊을수록 주변은 더욱 더 고요해졌다. 방 안에는 형광등 불빛 흐르는 소리만 들렸다. 가끔 동찬이가 몸을 뒤척였다. 얼마나 시간이 흘렀을까.

"아줌마."

구주미가 낮은 목소리로 나를 불렀다.

"유채우 씨."

내가 대답하지 않자 구주미가 다시 불렀다.

"왜?"

"지금 밤 열두 시가 넘었거든요. 그런데 왜 아무 소리도 들리지 않아요? 진짜 무슨 소리가 들리긴 들리는 거예요? 들어본 거 확실해요?"

"소리를 들었던 건 확실해. 하지만 그건 어느 집에서나 날 수 있는 소리라고 했잖아. 그리고 소리가 매일 들리는 거는 아니야. 어떤 날은 들리고 어떤 날은 안 들려."

나는 일어나 앉았다.

“네가 알고 싶은 거, 알아내고 싶은 게 뭔지 나에게 솔직히 말하면 내가 너를 도와줄 수도 있어. 밤에 여길 오는 건 소리가 나는지 안 나는지 확인하러 오는 것 같긴 한데, 왜 그러는 거야? 이층에 사는 가족이 하룻밤새 실종되었고 그 실종 사건이 상당히 미스터리한 사건이며 미스터리한 사건의 가족 중에는 너와 같은 학교에 다니는 학생이 있지. 그리고 이 집에 대한 흉흉한 소문이 돌고 있다는 것도 알아. 그 가족이 실종된 게 아니라 끔찍한 일을 당했고 이 집 어딘가에 끔찍한 사건의 증거가 있다는 소문이지. 끔찍한 증거란 이 집 어딘가에 숨겨져 있는 가족의 시체.”

“그만해요.”

구주미가 두 손으로 귀를 틀어막았다. 그러고는 무릎에 얼굴을 묻었다. 잠시 후 구주미의 어깨가 들썩였다. 구주미가 울고 있었다. 갈수록 의문이 들었다. 얘가 대체 왜 이러는 걸까.

“그 소문이 사실이라면 말이에요. 그건 다 나 때문이에요.”

구주미가 흐느끼며 말했다. 그때 동찬이가 몸을 뒤척였고 구주미는 깜짝 놀라 얼른 울음을 삼켰다. 뒤척이던 동찬이는 알아듣지 못할 잠꼬대를 한 다음 다시 잠잠해졌다.

“하지만 억울해요.”

구주미는 다짜고짜 억울하다고 했다.

"뭐가 억울한데? 말을 하려면 기승전결! 육하원칙에 의해서 좀 해라."

"나는, 나는 말이에요. 나는 황우찬이라는 아이에 대해 묻기에 우리 학교에 다니는 아이라는 말만 했어요. 우찬이 집을 알려준 것은 고동미였다고요. 하지만 우찬이 가족 실종 사건이 일어나고 고동미는 모든 것이 다 내 탓이라고 했어요. 내가 아는 척을 하지 않았다면 고동미도 집을 알려주지 않았을 거라면서요."

이건 또 무슨 소리람.

"이층에 살던 아이가 황우찬이었니? 그런데 누구한테 황우찬에 대해 말했다는 거니?"

"처음 보는 남자였어요. 그런데 말이에요. 우찬이네 가족 실종 사건이라고 말하기에는 뭔가 이상한 점이 많았어요. 우찬이네 주방 가스레인지 위에는 끓이던 된장찌개가 있었고, 된장찌개에 넣으려던 두부와 파도 접시에 그대로 놓여 있었다고 해요. 텔레비전도 켜져 있었고요. 그날 밤 우찬이네 집을 찾아갔던 남자를 잡아서 수사했는데, 나와 고동미에게 황우찬에 대해 묻던 남자였어요. 수사 결과 우찬이네 가족은 스스로 집을 나갔다고 결론을 내렸어요. 하지만 동네 사람들은 누구도 수사 결과를 믿지 않았어요. 밥을 하다 말고 온 가족이 텔레비전까지 켜놓고 집을 나가는 경우가 어디 있겠어요? 의문점은 또 있어요. 부근 CCTV 어디에서도 우찬이네 가족은 발견되지 않았어요. CCTV가 없는 곳만 찾아서 갔을 거라고 수사 결과를 발표했지만, 우리 학교 아이 중에 한 명이 시뮬레이션을 해봤거든요. 불가능한 것은 아니지만 그런 식으로 동네를 벗어나려면 아주 복잡해요. 그리고 동네를 벗어나서는 택시를 탔을 거라고 했는데 택시 기사도 찾지 못했어요. 결국은 우찬이네 가족이 집 밖으로 나갔다는 어떤 증거도 없어요. 거의 대부분 사람들은 단순한 실종 사건이 아니라 우찬이 가족이 다 잘못되었을 거라고 말해요. 그 남자의 완전범죄라고요."

구주미는 다시 무릎에 얼굴을 묻었다.

"그래서 이층에 누군가 있을 거라는 소문이 진짜인지 아닌지 확인하고 싶다는 거냐? 소문을 믿고? 소문은 그냥 소문일 뿐이야. 황우찬네 가족이 몇 명이었는지는 몰라도, 그런 끔찍한 일이 진짜로 일어났고 소문대로 이 집 어딘가에 그 증거가 있다면 어디에 있다고 생각하니? 경찰들이 수사 과정에서 집을 샅샅이 다 뒤져봤을 텐데, 이 좁은 집에서 찾지 못했을 거 같니? 소문은 그냥 소문일 뿐이야. 너도 생각해봐라. 이층에 누군가 있는 낌새가 있고 괴상한 소리가 들린다면 내가 여기서 어떻게 장사를 하고 있겠냐? 그것도 소문으로 보아 사람이 아니라 귀신이라는 말인데, 내가 어떻게 견딜 수 있겠어?"

나는 질질질 뭔가 끌고 다니는 소리가 났다는 말은 일단 비밀로 했다.

"고동미가 나 때문이라는 말을 할 때마다 당장이라도 확인하고 싶었거든요. 하지만 무서워서 이 집 근처에 올 수가 없었어요. 끔찍한 소문은 없어질 듯하다가 다시 시작되었어요. 이층 계단에서 부르는 사람을 목격했다고도 하고 저주를 받았다고 하고, 아무튼 오고 싶어도 올 수 없는 상황이었어요. 만약, 만약 말이에요. 내가 황우찬이 우리 학교에 다닌다고 그 남자에게 말한 것을 황우찬이 알면 나를 얼마나 원망할까요? 저는요, 황우찬이 죽었다는 말은 절대 믿고 싶지 않아요. 그래서 꼭 확인하고 싶었어요. 식당이 생기고 사람들이 들락거리면서 확인을 할 수 있다고 생각했어요."

"너는 황우찬이 살아 있다고 생각하는 거야? 살아서 이 집 어딘가에 숨어 있다는 뜻이니?"

사람이 살고 있다면 아무것도 하지 않는다고 하더라도 먹기는 해야 한다. 이층에는 사람이 음식을 해먹은 흔적이 전혀 없었다.

"그랬으면 좋겠다는 뜻이에요. 꼭 살아 있으면 좋겠어요."

"나도 그래서 식당 생긴 거 보고 되게 좋았어."

자고 있는 줄 알았던 동찬이가 말했다. 잠꼬대라고 여기기에는 목소리가 너무 또렷했다. 나와 구주미는 동시에 동찬이를 바라봤다.

"나도 알고 있었거든. 누나랑 고동미 누나가 싸울 때 하는 말을 다 들었거든. 그런데 나는 누나나 고동미 누나가 잘못했다는 생각은 전혀 안 들던데. 우찬이 형을 아니까 안다고 말했고 집도 아니까 가르쳐준 거잖아. 그건 잘못이 아니야. 누나가 우찬이 형을 얼마나 좋아했는데. 좋아하는 형에 대해 물어보니까 누나도 모르게 신나서 말하게 된 거야, 그치?"

동찬이는 누운 채 눈을 꼭 감고 말했다.

"진짜 진짜 슬픈 거는 우찬이 형은 누나를 좋아하지 않았다는 거야. 고동미 누나를 좋아했어."

"누가 그래? 우찬이가 고동미를 좋아했다고? 우찬이에게 직접 확인도 안 해봤는데 그걸 어떻게 알아?"

구주미가 소리치자 동찬이는 이불을 뒤집어썼다.

"그걸 꼭 물어봐야 알아? 나는 척 봐도 알겠던데."

동찬이는 이불을 뒤집어쓴 채 말했다.

"오늘은 그만 가라."

나는 구주미와 동찬이를 집 앞까지 데려다주었다.

잠이 오지 않았다. 이층은 고요해도 너무 고요했다.

'가만있어봐.'

나는 벌떡 일어났다. 가만 생각해보니 비가 내리는 날에만 질질질 뭔가 끄는 소리가 들렸던 것 같았다. 기억을 되짚어보았다. 분명했다. 우연인지 비가 내리는 날 재료가 배달되었고, 재료가 배달되는 날 그 소리가 들렸다. 비 내리는 날과 질질질 소리가 무슨 연관이 있는 걸까? 하지만 소문은 사실이 아닐 거다. 나는 이층에 가봤고 샅샅이는 아니지만 대충 훑어봤다. 으스스하기는 했지만 몇 사람의 주검을 들키지 않게 숨겨놓을 정도로 넓지 않았다. 소문이 사실이 아닌 거 같긴 한데 문제는 그 소리였다. 뭔가를 질질질 끌고 다니는 소리. 시체를 끌고 다닌다는 상상을 하게 만든 그 소리.

나는 불을 켜고 손바닥을 펴봤다. 도장 자국이 줄어들었다. 일단 구주미에게는 이층에서 나는 소리에 대해 끝까지 숨기는 게 나을 거 같았다. 다 밝히고 나면 그 소리의 정체를 밝히는 일에 시간을 모두 허비할 수 있다. 일단 설이가 누구인지 찾아내는 게 급했다. 내일도 고동미가 오지 않으면 직접 고동미 집으로 찾아가려고 마음먹었다.

내가 고동미 집을 모른다는 사실을 깨달은 것은 고동미 집에 가려고 식당에서 나와 예쁘다 미용실이 있는 골목으로 접어들었을 때였다.

나는 어젯밤 기억을 더듬어 구주미 집으로 갔다. 대문을 살짝 열고 안을 엿봤다. 그때 마당에 있던 동찬이와 눈이 마주쳤다.

"무슨 일이세요?"

동찬이가 냉큼 뛰어나왔다.

"고동미 집 좀 알려줘라. 온다고 했다면서 왜 안 오는지 모르겠다."

동찬이는 찾기 어려울 거라면서 같이 가자고 앞장섰다.

"너희 누나가 황우찬이라는 아이를 많이 좋아했니?"

"엄청요."

나는 동찬이에게 그런 말을 들으면서도 전혀 마음에 동요가 없었다. 구주미는 설이가 아닐 거라는 확신이 또 들었다. 만약 구주미가 설이라면 시간을 건너 다른 세상에서 만났다고 하더라도, 비록 기억이 나지 않는다고 하더라도 뭔가 통하는 게 남아 있을 것이다. 내가 그토록 설이를 잊지 못하고 만나려고 애썼는데 당연히 그 정도는 있을 것이다. 그런 것이 남아 있다면 저런 말을 듣고도 아무렇지 않을 수가 없다. 작은 질투라도 느껴야 옳다.

"하지만 우찬이 형은 고동미 누나를 좋아했어요."

"그걸 네가 어떻게 알아?"

"우찬이 형이 고동미 누나한테 선물 주는 걸 봤거든요. 그날은 고동미 누나 생일이었어요. 우리 누나도 그날 고동미 누나에게 생일 선물을 줬거든요. 우리 누나는 우찬이 형이 고동미 누나에게 생일 선물 준 거 몰라요. 저도 그냥 비밀로 했어요. 알면 우리 누나가 너무 슬플 거 같아서. 나중에, 나중에, 우찬이 형 가족이 없어지고 나서 말했어요. 거의 다 왔어요."

고동미 집은 작은 골목을 몇 개나 지나서야 나타났다. 똑같은 집들이 다닥다닥 붙은 곳이었는데 하나같이 허름하고 낡은 집들이었다. 대문도 없고 담도 없었다. 동찬이가 중간에 있는 집 앞에 서며 고동미 누나는 엄마랑 둘이 산다고 말했다. 먼지 쌓인 철제문을 보는 순간 울컥했다. 열어보지는 않았지만 어쩐지 끼이익 하고 요란한 소리를 낼 거 같았다. 철제문 윗부분은 유리였는데, 유리 한쪽에는 금이 가 있고 테이프가 붙어 있었다. 한쪽이 너덜거리는 테이프를 보자 가슴 중간이 찌릿했다. 아프기도 하고 저리기도 했다. 고동미가 설이라는 강한 느낌이 왔다. 나도 모르게 드는 느낌이었다.

'이번 세상에서의 삶도 그저 그렇구나. 엄마가 있는 걸 빼면 다 똑같아.'

나는 내가 얼마나 대책 없이 설이를 만나려고 했는지 이제야 절실히 깨달았다. 오직 설이를 만나야 한다는 일념으로 설이가 이미 다른 사람이 되었다는 사실을 알면서도 그 사실이 얼마나 나를 당황하게 하고 황당하게 하고 또는 슬프게 하고 아프게 할 것인지는 생각하지도 않았었다.

'왜 이 세상에 와서도 이렇게 살아?'

나는 테이프가 붙은 깨진 유리를 보며 설이를 찾아 나선 것을 처음으로 후회했다. 내가 이 세상에서 살고 있는 설이를 위해 해줄 것은 아무 것도 없었다. 지켜준다고 말하고 싶어도 나에게 남은 시간이 얼마 없었다. 지금 이 모습으로 저런 모습의 고동미에게 좋아한다는 고백을 할 수도 없었다.

"가자."

나는 동찬이 팔목을 잡고 미로 같은 골목을 빠져나왔다. 누군가를 마구 원망하며 욕을 퍼붓고 싶었다. 전생에 그렇게 살게 했으면 이번 생에는 그럴듯한 집에 태어나게 해주면 안 되었느냐고 따지고 싶었다. 설이는 착한 아이였다. 심판을 할 때 설이 생을 읽었을 거다. 어디 하나 남을 아프게 한 적 없는, 완벽하게 착한 아이 설이. 다시 이렇게 태어나게 하는 것이 형평성에 맞는 거냐고 당장이라도 그곳으로 달려가 심판하는 사람의 멱살을 잡고 따지고 싶었다.

"왜 그래요? 고동미 누나 왜 안 만나요?"

동찬이가 계속 물었다.

"나중에, 나중에 만나자. 내가 지금 엄청나게 급한 일이 떠올랐거든. 식당에 가스 불을 켜놓고 프라이팬을 올려놓고 왔어. 아마 지금쯤 불이 활활 붙었을지도 몰라."

"예에?"

동찬이가 내달렸다. 엄청난 속도였다.

내가 식당에 도착했을 때 동찬이가 입구에서 환하게 웃고 있었다.

"불 안 켜져 있더라고요. 정말 다행이에요."

"그래? 미안해서 어쩌나. 숨차게 달리게 만들어서."

"괜찮아요. 그런데 아줌마, 비밀병기 하나만 먹어도 돼요?"

"당연하지."

"완전 비밀병기 팬이 되었어요."

동찬이가 히죽 웃었다. 나는 동찬이와 마주 보고 웃었다. 매일 달려들어 할퀴고 다른 사람이 던진 공을 찾아오라고 시키는 성질 더러운 누나를 위해 짧은 다리로 이리 뛰고 저리 뛰는 정말 착한 아이였다. 나는 비밀병기와 함께 살살말랑도 만들어주었다. 내친김에 파감로맨스도 만들었다.

"파감로맨스인가 이건 파 냄새 나서 싫어요."

동찬이가 코를 잡아 쥐었다.

"아줌마, 파 냄새를 없애는 방법을 한번 연구해봐요. 잘하면 비밀병기처럼 맛있는 요리가 탄생할 수도 있잖아요. 파 냄새만 없으면 뒷맛은 아주 좋아요. 기분 좋아지는 맛이에요."

"그래?"

나는 동찬이 머리를 쓰다듬었다.

오후에 나는 고동미 집을 찾아갔다. 아침보다 마음은 진정되었다. 나는 약속을 지켜야 하고 해주어야 할 말을 꼭 설이에게 해야 한다는 목표로 이곳에 왔다. 설이의 상황이 슬프게 보인다고 해서, 마주하기 힘들다고 해서 그냥 가서는 안 된다. 그러면 한 자락 연기로 소멸되는 순간 후회할 거 같았다.

"계세요?"

나는 철제문을 흔들었다. 잠시 후 철제문이 끼이이익! 소리를 내며 열렸다. 고동미였다. 나를 본 고동미가 깜짝 놀랐다.

"괜찮은지 궁금해서. 네가 먹은 게 뭐냐고 물어보러 오고 나서는 안 왔잖아? 치료를 잘 받았는지 궁금하기도 하고 다 나았는지 그것도 확인할 겸 해서 온 거지."

"괜찮아요."

고동미가 입꼬리에 미소를 살짝 머금고 말했다. 쿵! 심장이 떨어지는 충격이 느껴졌다. 저 미소! 저 미소는 설이에게서 보던 미소다.

"내가 병원비를 왕창 주고 싶어도 돈이 없거든."

"병원비는 무슨, 병원에 딱 두 번 갔어요. 약 며칠 먹으니까 괜찮았어요."

"그래도 내가 마음이 불편해서 말이야. 병원비 대신 맛있는 걸 만들어주고 싶은데 식당에 와라. 게는 빼고 만들어줄게."

고동미는 무슨 생각인지 골똘히 했다.

"그렇지 않아도 물어볼 말이 있어요. 나중에 저녁때 갈게요."

식당으로 돌아와 정성껏 재료를 준비했다. 고구마는 더 이상 다질 수 없을 정도로 잘게 다졌다. 음식을 만들 때마다 설이가 주문했던 말들을 모두 기억해내서 최대한 그 주문에 가깝게 재료를 준비했다. 그러고 난 다음 파감로맨스를 다른 방법으로 만들어봤다. 설이가 자다가도 벌떡 일어날 정도로 좋아했던 감자를 불안해하지 않고 마음껏 먹게 해주고 싶었다. 이 세상에 와서도 여전히 감자를 좋아하는지 어떤지는 모르지만, 내가 해줄 수 있는 것은 모두 해주고 가고 싶었다.

'이게 너에게 행운을 가져다주는 음식이 될 거야.'

나는 파 냄새가 나지 않는 완벽한 파감로맨스를 만들어 이곳을 떠나는 날 설이에게 주면서 이렇게 말하고 싶었다. 그리고 내가 그날 오전에 그런 식으로 죽었던 것에 설이의 잘못은 눈곱만큼도 없다고 말하고 싶었다. 그건 그냥 내 운명이었다고. 혹시라도 미안해하고 있으면 미안해하지 말라고. 고동미 모습으로 살고 있는 설이에게 그때의 기억은 남아 있지 않겠지만, 그렇게 말하고 싶었다.

새로이 연구한 방법으로 파감로맨스를 만들어봤지만 여전히 파 냄새가 났다. 그때 황 부장이 왔다. 머리가 사방으로 뻗어 어수선했다.

"왕 원장 못 봤어? 오늘도 미용실 문을 안 열었네."

황 부장은 의자에 털썩 앉으며 식당을 휘둘러봤다.

"무슨 일이 있나 보지요. 며칠 후에는 열겠지요."

"꼭 열어야 하는데. 그런데 별일 없는 거지?"

"저요? 무슨 일이요? 또 식중독 사건이 일어났느냐고 묻는 거예요?"

"그게 아니고 저기."

황 부장이 손가락으로 천장을 가리켰다.

"아하, 이층이요? 누가 살든 말든 상관없어요. 나는 곧 여길 떠날 거니까요."

"떠나? 진짜? 떠난다는 말은 이층에 확실히 뭔가가 있다는 뜻이네? 그래서 견디지 못하고 떠난다는 말이잖아?"

"좋을 대로 생각하세요. 그런데 지금 제가 무척 바쁘거든요."

"그래, 그래, 알았어. 갈게, 간다고. 그나저나 왕 원장은 대체 어떻게 된 거야? 휴대폰도 갖고 있지 않으니 전화를 해볼 수도 없고. 요즘 휴대폰 없는 사람이 어디 있어? 아, 답답해."

왕 원장은 지금 실연당해 누구 머리를 만져주고 손질해줄 정신이 없을 테니 왕 원장을 찾지 말고 그 어수선한 머리는 직접 손질하라고 말하고 싶은 걸 간신히 참았다.

식당에서 나간 황 부장은 화단 옆에 서서 한참 동안 집을 둘러보다 돌아갔다.

고동미와 설이 그리고 황우찬

나는 고동미가 먹는 모습을 물끄러미 지켜봤다. 고동미 얼굴에서는 설이의 모습이 한 번씩 스치고 지나갔다.

"이건 파 냄새가 좀 심하지? 파 냄새를 없애기 위해 계속 연구 중이야. 내 목표는 며칠 안에 연구에 성공하는 거야."

나는 파감로맨스 접시를 가리켰다.

"파를 넣으면 당연히 파 냄새가 나는 거 아닌가요?"

"사실은 말이야. 내가 알던 어떤 아이는 감잣국이나 감자찌개에서 나는 파 냄새가 자신에게 불행을 가져왔다고 생각하고 있었거든. 그래서 좋아하는 감자를 마음껏 먹지도 못했어. 나는 그게 아니라는 걸 그 아이에게 꼭 알려주고 싶었어. 그래서 파감로맨스를 개발했는데 아직 완성하지 못해서 마음이 급해."

나는 말을 하며 고동미 얼굴 표정을 살폈다. 변화는

없었다. 기억을 완전히 잃은 거구나. 그래, 그래도 상관없다.

"파를 한 번 데친 다음에 사용하는 건 어때요? 그러면 파 냄새가 덜 날 텐데."

나는 고동미 말을 듣는 순간 나도 모르게 벌떡 일어났다. 저 말은 설이가 했던 말이다. 한창 파감로맨스를 연구하며 내가 파 냄새를 어떻게 없앨까 고민하고 있을 때 설이는 팔팔 끓는 물에 파를 데쳐서 사용해보자고 했었다. 새로운 레시피가 있다고 했을 때 그 레시피가 어떤 거냐고 물었었다. 설이는 딱 그것만 얘기해주었다. 나머지는 같이 만들면서 설명한다고 했었다. 그날은 내가 죽은 날이었다. 설이와 함께 그 레시피대로 파감로맨스를 만들어보지는 못했다. 여기에 와서 해봤지만, 데쳐도 냄새는 다 없어지지 않았다.

"제가 뭐 잘못 말했어요? 죄송해요. 저는 요리를 못하기 때문에 아는 게 없어요."

내가 자리를 박차고 일어나자 고동미는 놀란 듯 말했다.

"아니, 아니야. 되게 좋은 아이디어라서 놀란 거야. 비밀병기 맛은 어때? 괜찮니?"

"예, 완전 맛있어요. 재료가 되게 부드러워요. 잘게 다진 거 같아요. 저번에 먹어본 것보다 훨씬 더 부드러운 거 같아요. 입에서 살살 녹아요."

절대 미각! 재료를 잘게 다진 것까지 알고 있다니!

나는 고동미를 바라보며 뭘 먼저 물어봐야 하는 건

지 고민했다. 고동미, 아니 설이가 어떻게 살고 있는지 하나부터 열까지 다 궁금했다.

"그런데요, 아줌마. 뭣 좀 물어봐도 돼요?"

비밀병기를 다 먹고 나서 고동미가 말했다.

"물론. 뭐든지 물어봐도 돼."

"제가 이런 걸 물어본다고 해서 오해하지는 마세요. 저는 소문에 대한 호기심으로 이러는 게 아니에요. 여기서 한 달 가까이 지내보셨잖아요? 이층에서 진짜 무슨 소리가 나요?"

"황우찬이라는 아이 때문에 그러니?"

나는 단도직입적으로 물었다. 고동미가 설이라는 확신이 들자 묘한 질투가 거품처럼 보글거렸다. 고동미의 눈이 커졌다.

"어떻게 아셨어요? 어디까지 알고 계시는 거예요?"

고동미는 조심스럽게 물었다.

"어떻게 알았느냐는 그리 중요한 게 아니야. 어디까지 알고 있다는 것도 마찬가지고. 다만 내가 하고 싶은 말은 너와 구주미는 황우찬과 같은 학교에 다녔고 황우찬과는 아는 사이였다는 거야. 길에서 황우찬을 아느냐는 질문을 받았을 때 알고 있다고 대답하는 거는 당연한 거야. 그리고 그 사람이 집을 물어보면 알려줄 수도 있어. 그건 잘못이 아니야."

"함부로 집을 알려주지 말아야 했어요. 구주미 말대로 그건 개인 정보예요. 함부로 알려주면 안 된다는 걸 알고 있었는데도 나도 모르게 그렇게 하고 말았어요. 만약 구주미가 황우찬이 우리 학교에 다닌다는 말을 하지 않았다면 절대 그런 일은 없었을 거예요. 구주미가 그 남자에게 황우찬에 대해 말할 때 황우찬과 엄청나게 친하다는 투로 말했거든요. 저는 구주미와 황우찬이 친하지 않다는 걸 알고 있었어요. 구주미 혼자 황우찬을 좋아했어요. 그때는 구주미와 제가 친했을 때였기 때문에 다 알고 있어요. 솔직히 친하지도 않으면서 친한 척 말하는 구주미를 보고 묘한 감정이 치솟았어요. 진짜 황우찬과 친한 사람은 나라고 밝히고 싶었어요. 지금 생각해보면 유치한 짓인데 그때는 왜 그랬는지 몰라요. 그래서 황우찬 집을 알려준 거예요. 황우찬 가족이 사라지는 사건이 발생하고 나서 구주미와 저는 사이가 나빠졌어요."

"너도 황우찬이라는 아이를 좋아했고? 얼마나 좋아했는데?"

나는 말을 하다 놀라서 입을 다물었다. 지금 그게 뭐가 중요하다고. 설이는 고동미로 태어났고 고동미로 살고 있다. 유채우! 정신차려! 나는 비교적 냉정한 머리와는 다르게 방방 뛰는 가슴을 꾹꾹 누르며 침착해지려고 애썼다.

"많이요."

고동미가 말하는 순간이었다. 침착해지려던 마음은 힘없이 무너져 내렸다.

"그러니까 저도 모르게 제가 황우찬하고 더 친하다는 걸 보여주고 싶었겠지요."

"그랬구나……."

나는 울고 싶었다. 이런 기분은 처음이었다. 생전 처음 느껴보는 낯선 기분이었다.

황우찬이 어떤 아이였느냐고, 황우찬의 어떤 점이 좋았느냐고 묻고 싶은 마음이 치밀어 올랐다. 이런 감정이 말도 안 되는 것을 알지만 내 마음을 내가 어쩔 수 없는 상황이었다.

"황우찬이라는 아이가 참 좋은 아이였나 보구나. 구주미도 그렇고 너도 좋아한 걸 보면 말이야."

되도록 침착하게 태연하게 아무렇지도 않은 듯 말하려고 애썼지만 목소리가 살짝 떨렸다.

"농구를 좋아했고요."

아하, 그래서 방에 농구공이 있었구나.

"잘 웃었고요."

설이도 내가 웃는 걸 좋아했었다.

"요리도 되게 잘했어요. 우리 반에서 쿠키를 제일 잘 만들었고요, 샐러드도 잘 만들었어요. 쿠키는 적당하게 잘 구웠고요. 샐러드도 타의 추종을 불허했어요."

쿠키는 오븐이 구워주는 거고, 세상에서 제일 쉬운 음식이 샐러드라는 말을 하고 싶어 목이 간지러웠다.

"혹시 말이다. 혹시 너 감자 좋아하니?"

"어? 어떻게 아셨어요? 저는 감자 무지하게 좋아해요."

쿵! 또다시 심장이 덜컥 내려앉았다. 당장이라도 고동미 손을 잡고 싶은 걸 간신히 참았다.

"그런데 황우찬은 네가 좋아하는 감자 요리는 한 번도 만들지 않았나 보네? 요리를 잘한다면서?"

나도 모르게 비아냥거리는 말투가 나왔다.

"우찬이는 제가 감자를 좋아하는지 모르니까요."

"그래? 그럼 우찬이는 너를 별로 안 좋아했다에 한 표다! 왜냐하면 널 좋아했다면 어떤 음식을 좋아하느냐고 물어봤을 테니까. 음식을 잘 만들었다면서? 그럼 좋아하는 아이를 위해 음식을 만들어보고 싶었을 거야. 나는 그랬거든. 내가 좋아하는 아이가 맛있게 먹을 수 있는 음식이라면 뭐든 만들었어."

고동미 표정이 살짝 변했다. 기분이 좋아졌다.

"됐다. 그만하면 황우찬이 어떤 아이인지 알 거 같아. 그런데 왜 이층에서 무슨 소리가 나는지 궁금한 거지? 혹시 소문대로 어딘가에 시체가 숨겨져 있고 귀신이라도 살까 봐서?"

고동미 얼굴이 일그러졌다.

"내가 너무 대놓고 직접적으로 질문한 거라면 미안하다."

"아니에요."

갑자기 고동미가 울상이 되었다.

"아줌마가 미안할 거는 없어요. 그리고 저는 소문이 사실이 아니길 진심으로 바라고 있고 또 믿고 있어요. 경찰 수사대로 황우찬네 가족이 어디론가 간 거라면 얼마나 좋을까, 그러면 소원이 없겠다는 생각을 날마다 해요. 소문대로 이층 어딘가에 그런 끔찍한 비밀의 장소가 있다는 생각은 절대 안 해요. 제가 이층에서 소리가 나느냐고 물어본 건 혹시라도 우찬이네 가족 중에 한 명이 잠시라도 집에 들르러 오는 건 아닌가, 그 소리를 듣고 귀신이니 어쩌니 소문이 난 건 아닌가, 우리 학교 아이가 계단에서 본 사람도 집에 잠시 들르러 온 황우찬네 가족 중 한 명이었으면 참 좋겠다, 이런 생각이 들어서예요."

구주미와 고동미는 같은 생각을 하고 있었다. 황우찬이 살아 있기를 간절히 바라고 있었다. 구주미는 이 집 어딘가에 황우찬이 살아서 숨어 있기를 바라고 있었고, 고동미는 어디론가 떠난 황우찬 가족이 한 번씩 이 집을 찾아오기를 바라고 있었다. 구주미와 고동미, 둘 다 황우찬을 좋아하고 있지만 나는 어쩐지 고동미가 황우찬을 더 좋아하고 있다는 느낌을 받았다. 그렇다는 어떤 증거도 없다. 내 마음이 그랬다. 고동미가 황우찬을 좋아한다는 생각에 목젖이 뜨거워지며 콧날이 시큰해졌다. 이러지 말아야 하는데 내 마음을 어쩔 수가 없었다.

"아, 그날은 왜 그랬던 거니?"

나를 짓누르는 감정에서 벗어나려고 머리를 흔들며 물었다.

"그날이요?"

"공터에서 처음 봤던 날 말이다."

"아하, 그날이요? 그날 학교에서부터 구주미와 다퉜거든요. 학교에서 우연히 황우찬 얘기가 나왔는데 제가 구주미 잘못이 더 큰 거라고 말했거든요. 그런 말을 해서는 안 되는데 참을 수가 없었어요."

누군가를 좋아하는 것은 내 안에 내장된 시스템에 문제를 일으키기도 한다. 시스템에 문제가 생기면 이성의 회로도 고장 난다. 화를 내서는 안 되는 상황에서 화를 내고, 해서는 안 될 말들을 내뱉기도 한다.

나도 지금 그렇다. 황우찬에 대해 묘한 감정이 들고 그래서 화가 솟구치기도 했다.

"학교에서의 싸움이 연장되고 있었던 거구나?"

고동미가 고개를 끄덕였다.

"이층에서 소리가 들리나요?"

고동미가 다시 물었다.

"소리를 몇 번 듣기는 했어."

순간 고동미 눈이 반짝 빛났다.

"구체적으로 어떤 소리였나요?"

"지금부터 내가 하는 말은 구주미에게도 했던 말이야. 나는 내가 들은 걸 정직하게 말한다는 뜻이야. 소리가 들리기는 들렸는데, 네가 상상하는 그런 소리가 아니야."

"제가 무슨 상상을 했는데요?"

"그야 뭐……. 사람의 발자국 소리라든가, 목소리라든가 이런 거겠지."

"정확해요."

고동미가 고개를 끄덕였다.

"그런 기대를 하고 있는데 와장창 깨뜨려서 정말 미

안하지만, 그냥 두두둑 드드득 하는 소리였어. 그런 소리는 여기 말고 다른 곳에서도 들어본 적 있거든. 집을 짓다 보면 있잖니, 벽돌을 쌓고 시멘트를 바를 때 그 사이에 공간이 생길 수 있거든. 그럼 그 안에서 소리가 들리기도 하고 나무가 들어간 집 같으면 나무가 뒤틀리면서 소리를 내기도 해."

"벽돌과 시멘트 사이에서 소리가 난다고요? 그거 과학적으로 맞는 얘기예요?"

"과학적인지 아닌지 그건 잘 모르겠다. 맞는 말인지 엉터리인지도 몰라. 아무튼 내가 주워들은 말로는 그래. 이층에서는 그런 소리가 났어."

나는 뭔가 질질질 끄는 소리가 들렸다는 말은 구주미와 마찬가지로 비밀로 하기로 했다.

"부탁이 있는데요, 저랑 같이 이층에 가보면 안 될까요?"

"문은 잠겨 있어."

"밖의 계단으로 올라가서 들어가는 문 말고, 이층으로 올라가는 문이 어딘가에 또 있을 거예요."

나는 깜짝 놀랐다. 고동미가 그걸 어떻게 알고 있는 걸까?

"황우찬이 이층에 살 때도 일층 이곳은 여전히 빈 가게였어요. 황우찬 엄마가 식당을 하다가 그만두었거든요. 어느 날 황우찬이 일층으로 들어가는 걸 봤는데, 잠시 후에 이층 계단으로 나오는 거예요. 일층에 이층으로 올라가는 문이 있다는 증거잖아요. 거기는 열려 있을 수도 있어요. 찾아보고 같이 이층에 올라가 봐요."

이층에 가봤자 별것도 없다는 말이 목까지 튀어나왔다. 네가 상상하는 일은 전혀 없다는 말도 하고 싶었다. 그 말을 참느라고 나는 심호흡을 몇 번이나 했다.

"그런 문이 있는지 한번 찾아볼게. 하지만 지금은 안 돼. 해야 할 일이 있거든."

당연히 해야 할 일은 없지만 고동미를 데리고 이층에 올라가는 것은 생각을 좀 해봐야 했다. 이층에 흐르는 을씨년스러운 공기와 벽에 있는 빨간 자국이 마음에 걸렸다. 이층에 흐르는 분위기를 보면 고동미는 단번에 자기의 상상이 틀렸다는 것을 알아차릴 거다. 그리고 슬퍼할 거다. 고동미가 황우찬을 좋아한다는 사실에 목소리까지 바들바들 떨릴 정도로 묘한 감정이 들었지만, 고동미가 슬퍼하는 모습은 보고 싶지 않았다.

고동미가 돌아가고 나서도 얼마 동안 마음이 진정되지 않았다. 설이를 누군가에게 뺏긴 기분이었다. 나는 그 마음을 털어내려고 밖으로 나왔다.

무작정 걷다 보니 예쁘다 미용실 앞이었다. 미용실 문이 활짝 열려 있었고 왕 원장은 청소를 하고 있었다. 모든 것이 다 의미 없다더니 다시 마음을 다잡고 장사를 시작할 모양이었다.

"미용실 문 연 걸 알면 황 부장님이 제일 좋아하겠는데요."

나는 예쁘다 미용실로 들어가며 말했다. 왕 원장은 별말 없이 의자를 닦고 거울을 닦았다. 걸레질하는 손길에서 정성이 묻어났다. 꼼꼼하고 섬세했다. 왕 원장은 꽤 오랫동안 나를 세워놓고 걸레질을 했다. 머쓱해져서 미용실에서 나오려는 순간 왕 원장이 의자를 가리켰다.

"앉아봐요. 머리 좀 손질해줄게."

"내 머리가 엉망이에요?"

"파마한 지 얼마 안 되어서 괜찮기는 하지만, 한번 손봐주고 싶어서 그래요."

왕 원장 목소리에 힘이 하나도 없었다. 거울에 비친 왕 원장 얼굴이 세상 다 산 사람의 표정이었다. 밥도 제대로 챙겨 먹지 않았는지 얼굴도 핼쑥했다. 뭐라고 위로라도 해주고 싶은데 어떤 말을 해야 위로가 될지 얼른 떠오르는 말이 없었다.

"어떤 사람이 있잖아요, 누굴 무지하게 좋아했어요. 그 좋아하는 감정은 꽤 복잡했어요. 복잡한 감정 안에는 연애 감정도 당연히 있었지요. 그 사람은 좋아하는 사람을 위해서라면 뭐든지 할 수 있었어요. 좋아하는 사람이 웃는 일이라면 심장을 내주는 일이라도 기쁘게 할 수 있을 정도였어요. 그런데 말이에요, 그 사람이 어느 날 갑자기 죽었어요. 좋아하는 사람에게는 자신이 꼭 필요한 사람인데, 자신이 없으면 안 되는데, 늘 그렇게 생각했는데, 그 좋아하는 사람을 두고 마음 편히 죽을 수 있었겠어요? 지금 왕 원장이 좋아하는 사람에게 차인 모양인데 말이지요. 그래도 그 사람은 살아 있잖아요. 왕 원장도 살아 있고요. 살아 있으면 다시 관계를 회복할 시간이 있겠지요. 그러니까 너무 슬퍼하지 말고 기운 좀 냈으면 좋겠어요."

나는 말을 하며 왕 원장 표정을 살폈다. 왕 원장 표정에는 큰 변화가 없었다.

"그 사람은 참 쓸데없는 걱정을 했군요."

"예?"

"죽은 사람 말이에요. 자기가 아니면 상대가 숨도 못 쉬고 살 거 같다는 불안함, 살얼음판 위에 상대를 두고 온 듯한 공포, 보나마나 그런 걱정이었겠지요. 자기만이 상대를 지켜줄 수 있다는 생각 말이에요. 그래서 죽고 나서도 자신이 할 수 있는 희생을 눈을 부릅뜨고 찾았겠지요. 쓸데없는 걱정인데."

나는 거울 속에 비친 왕 원장을 바라봤다.

"아니, 내 생각이 그렇다는 얘기에요. 다 됐다."

왕 원장이 거울 속 나를 바라봤다. 왕 원장과 눈이 마주쳤다.

"얼굴이 훨씬 작아 보이네요. 내친김에 눈썹 정리도 좀 해줄게요."

왕 원장은 눈썹 정리를 마치자 손톱 정리도 해주겠다고 했다. 나는 미안한 마음에 비밀병기를 만들어가지고 오겠다고 말했다.

"아니요. 의미 없어요. 사실 먹는 거 안 좋아해요. 먹지 않고도 살 수 있다고 하면 안 믿겠지요? 호호호.

열심히 먹으면 내가 원하는 쪽으로 더 가까이 갈 수 있다는 착각을 잠시 했어요. 코끼리가 사슴을 잡아먹는다고 해서 호랑이는 될 수 없는 거잖아요? 그런데 호랑이가 될 수 있을지도 모른다는 멍청한 생각을 했었지요."

무슨 말인지 도무지 알아들을 수가 없었다. 하지만 왕 원장이 하는 말 한마디 한마디를 따져가며 뜻을 물어볼 수 없었다. 왕 원장의 표정은 다가갈 수 없을 정도로 근엄하고 엄숙했다. 왕 원장은 손톱을 정리하다 말고 갑자기 내 손바닥을 뒤집어보더니 물끄러미 바라봤다.

"손이 참 예뻐요. 다 되었어요."

왕 원장은 손톱 다듬던 칼을 내려놓으며 말했다.

황 부장의 집착이 의심스럽다

점심 무렵부터 내리기 시작한 비는 날이 저물면서 폭우로 변했다. 바람까지 심하게 불었다. 세상은 한순간 빗줄기 속에 갇혀 한 치 앞도 보이지 않았다. 그 빗속을 뚫고 구주미가 동찬이 손을 잡고 왔다. 가슴이 덜컥 내려앉았다. 비가 내리는 날에는 이층에서 소리가 들릴 확률이 크다.

"비가 이렇게 쏟아지면 나중에 집에 돌아가기 힘들 수도 있어. 어느 하수구가 막혀 물바다가 될지 모른다는 생각 안 드냐? 오늘은 그냥 가라."

"아줌마, 우리 누나 고집 엄청 세요. 아줌마가 아무리 가라고 해도 안 갈걸요. 나중에 물에 떠내려가도 지금은 절대 집에 안 가요. 그런 말 해봤자 소용없어요."

동찬이는 방으로 들어가 자리를 잡고 누웠다.

밤이 깊을수록 비바람은 더 거세졌다. 열두 시가 막 지나자 비바람을 뚫고 소리가 들렸다. 질질질! 뭔가를 끌고 가는 듯한 소리였다. 쪼그리고 앉아 있던 구주미 눈이 한순간 커다래졌다. 구주미는 마른침을 꼴깍 삼키며 나를 바라봤다.

"아줌마도 들리지요?"

아니, 내 귀에는 아무 소리도 안 들리는데? 무슨 소리가 들린다고 그러니? 이러고 싶은데 그러기에는 오늘따라 그 소리가 더 크고 또렷했다. 구주미가 내 옆으로 바짝 다가앉았다.

질질질질질.

"무슨 소리 같아요?"

구주미가 숨을 죽이고 물었다. 뭔가 끌고 다니는 소리 같다고 하자 구주미는 금방이라도 울음을 터뜨릴 듯했다. 20분 정도 몇 분 간격으로 이어지던 소리가 뚝 멈췄다.

"집에 못 가겠어요. 방에서 한 발자국도 못 나가겠어요. 너무 무서워요."

나 역시 이 빗속을 뚫고 구주미와 동찬이를 집까지 데려다줄 엄두가 나지 않았다. 하지만 구주미와 동찬이가 집에 돌아가지 않을 경우, 혹시라도 밤에 구주미의 엄마가 그걸 알아차리게 되면 일이 복잡해질 것이라는 짐작이 들었다. 나는 구주미에게 돌아가야 한다고 했다. 구주미는 울먹이며 방에서조차 나갈 수 없다고 했다.

구주미는 쪼그리고 앉아 있다가 새벽녘이 되어서야 쓰러져 잠이 들었다. 비바람은 점점 더 거세졌고 천둥 번개까지 쳤다. 나는 구주미가 푹 잠이 들고 나서야 잠시 눈을 붙였다.

요란한 음악 소리에 눈을 번쩍 떴다. 구주미 휴대폰 소리였다. 휴대폰이 울려도 구주미와 동찬이는 깨지 않았다. 밖은 아직 어두웠고 여전히 비바람이 불고 있었다. 나는 구주미 휴대폰을 집어 들었다. 화면에 '엄마'라는 글씨가 떠 있었다. 가슴이 덜컥 내려앉았다.

"일어나. 전화 왔어."

나는 구주미를 흔들어 깨웠다. 꼼짝도 하지 않았다.

"여보세요."

어쩔 수 없이 전화를 받았다.

"여보세요. 주미 휴대폰인데. 우리 주미 휴대폰 맞는데. 누구세요? 주미 어디 있나요? 동찬이는요. 우리 동찬이랑 우리 주미 좀 바꿔줘봐요. 누구냐고요?"

"저, 저, 저는…… 유채우…… 여, 여기는 약속 식당입니다."

"약속 식당이요? 우리 주미하고 동찬이가 거기 있다는 말이야? 왜? 거기 가만히 있으라고 해. 지금 당장 갈 테니까."

구주미 엄마 목소리가 격양되었다. 바들바들 떨리기까지 했다.

얼마 되지 않아 구주미 엄마와 아빠가 왔다. 구주미와 동찬이는 자기 엄마 아빠가 울면서 두들겨 깨워도 바로 일어나지 못했다. 한참 후에야 눈을 비비며 일어나 앉아 어리둥절한 표정을 지었다.

"당신 뭐야?"

구주미 엄마가 소리쳤다.

"당신, 아이들에게 이러는 거 얼마나 큰 범죄인지 몰라? 대체 우리 주미한테 왜 이러는 거야? 기다려, 법으로 해결할 테니까. 식중독 사건 때 그저 호락호락하게 넘어가는 게 아니었어. 쉽게 넘어가주니까 사람을 어리숙한 바보 등신으로 보고 이런 짓을 벌이는 거지."

바보 등신이라는 구주미 엄마 말에 구주미 아빠 얼굴이 험상궂게 변했다. 누가 누굴 바보 등신으로 봤다고 자기 멋대로 생각하고 화를 내는지 모르겠다. 왜 구주미와 동찬이가 여기에 있는지 자초지종은 물어보지도 않고 말이다. 아닌 말로 내가 구주미에게 뭘 어쨌는데? 나도 덩달아 소리 지르고 싶은 걸 간신히 참았다.

"이게 어떻게 된 일이냐면요."

법으로 해결하면 또 경찰이 찾아오고 경찰서에 불려가고 시간을 허비하게 될 거다. 나는 허비할 시간이 없다.

"아니, 어떠한 변명도 듣고 싶지 않아. 들을 필요도 없어. 아이들을 이곳에 끌어들여 대체 뭘 하려고 했는지 모르지만, 이건 보통 일이 아니야. 이곳이 어떤 집인지는 알고 있을 테지."

구주미와 동찬이는 자기 엄마 아빠 손에 이끌려 집으로 돌아갔다. 한바탕 소동이 지나가고 난 후 서서히 날이 밝아오고 있었다. 날이 밝아오자 비바람은 잦아들었다.

경찰이 찾아온 것은 열 시쯤이었다.

"이 식당을 오픈한 지 한 달도 채 되지 않았는데 두 번이나 좋지 않은 일로 뵙네요. 음식을 먹으러 와서 뵈어야 좋은 일인데 말입니다."

경찰은 여러 가지를 물었다. 왜 한밤중에 아이들을 식당으로 불러들였느냐, 구주미 부모님의 말로는 무시무시한 속셈이 있다고 하던데 정말 그러냐, 그렇다면 무슨 속셈이냐. 나는 아무 속셈도 없고 또 내가 아이들을 불러들인 것도 아니니 궁금하면 구주미와 동찬이에게 직접 물어보라고 했다. 그러자 경찰은 구주미 부모님의 말에 의하면 지금 구주미와 동찬이는 엄청난 충격을 받아 심신이 피로하고 약해진 상태라 정확한 대화가 불가하다고 했단다. 참 사람 환장할 노릇이었다. 하긴 어젯밤 그 소리를 들은 구주미가 불안할 거 같긴 했다.

"정말 저는 할 말이 없습니다."

나는 구주미가 자기 입으로 말할 때까지는 구주미의 비밀을 지켜주고 싶었다. 경찰은 아이들이 밤에 이곳에 와서 잤는데 할 말이 없다는 게 말이 되느냐고 목소리를 높였다. 나는 구주미와 동찬이에게 이유를 물어보라고, 진짜 나는 모른다는 말만 반복했다.

"이런 식으로 나오면 이 동네에서 장사하기 힘들어요. 협박하는 게 아니라 아이들 문제는 어디서나 제일 예민한 문제거든요. 그런데 이 소문이 동네에 쫙 나봐요. 어떻게 장사를 계속할 수 있겠어요? 사실대로 말해

보시지요."

나는 경찰이라는 직업을 가진 사람들이 얼마나 고래힘줄처럼 질긴 사람들인지 오늘 처음 알았다. 할 말이 없다는데도 자꾸만 사실대로 말하란다. 견디지 못하고 구주미의 비밀을 말하려는 바로 그때, 황 부장이 식당 안으로 들어왔다.

"어머나. 여기에 웬일이세요?"

황 부장은 경찰을 보더니 반가워했다. 잘 아는 사이 같았다.

"일이 좀 터져서요. 그나저나 요즘 황 부장님은 어떻게 지내세요?"

경찰이 물었다.

"그럭저럭 지내지요. 그냥 재미있는 일을 찾고 맛있는 음식이나 먹으며 지내려고 마음을 굳게 먹었는데 말이지요. 타고나기를 이렇게 타고난 건지, 도무지 놀고먹는 게 저한테는 맞지가 않아요. 딱히 먹고 싶은 것도 없고 먹고 싶은 마음도 없고요. 할 일이 없나 찾고 있는 중이랍니다."

"그러게요. 황 부장님은 일을 하셔야 어울리지요. 저희도 혹시 황 부장님이 하실 일이 있는지 한번 찾아보도록 하겠습니다. 황 부장님 덕을 참 많이 봤는데 그 고마움을 좀 갚아야지요. 한번 연락드릴게요."

경찰은 수첩을 접어 점퍼 안주머니에 넣으며 말했다.

"호호호호호, 꼭 연락 주세요."

황 부장은 호들갑스럽게 웃었다.

"내가 그 힘든 일을 왜 또 하니. 너희는 내가 필요할 때 연락하면 도와줄 수 있을 만큼 도와주면 되는 거야."

경찰들이 마당에 주차되었던 자동차에 올라타는 순간 황 부장이 들릴 듯 말 듯 중얼거렸다.

"죽은 사람과 마주 보는 일은 절대 쉬운 일이 아니거든."

황 부장이 나에게 말했다.

"예. 그럴 거 같아요."

"나와 같은 일을 하던 사람 중에는 보람을 느낀다는 사람들도 여럿 있었어. 타고난 거지. 하지만 솔직히 말하면 나는 아니었어. 먹고살기 위해 한 일이었지. 나는 어렸을 때부터 우아한 직업을 꿈꿨지. 우아한 일."

"예에."

나는 시큰둥하게 대답했다. 황 부장이 어떤 직업을 갖고 싶었든 어떤 삶을 꿈꿨든 나하고는 상관없는 일이다. 나에게 시간이 많이 있다면 한번 물어볼 수도 있지만 지금은 아니다.

황 부장은 비밀병기와 살살말랑, 파감로맨스를 각각 2인분씩 주문했다.

"저번에 팔던 파감로맨스에서 한 단계 업그레이드된 맛일 겁니다."

"그래? 그나저나 왕 원장 못 봤어?"

황 부장이 물었다.

"미용실 문 안 열었어요? 어제 청소하던데."

"청소했었어? 그런데 왜 문을 안 열었지? 머리가 엉망인데. 내 머리는 왕 원장 손이 닿아야 만족도 최고인데 말이야. 다른 미용실에 가서 살짝 손봤는데 완전 엉망이야. 봐봐, 영 아니지? 왕 원장이 다시 손봐주어야 할 거 같아."

내가 보기에는 그 머리가 그 머리로 보였다. 첫날 봤던 황 부장 머리나 파마하고 나서의 황 부장 머리나 지금 황 부장 머리나 별반 다른 점을 찾아볼 수 없었다.

"예."

별 차이점이 없다고 말하면 이야기가 길어질 거 같아 간단하게 대답했다. 황 부장은 속상해서 견딜 수 없다는 표정으로 손가락을 세워 머리를 벅벅 긁었다.

"그런데 경찰들이 왜 왔어?"

구주미와 동찬이가 여기서 잤다고 말하자니 왜 잤느냐고 물을 것이고, 그러면 그동안 있었던 일을 구구절절 설명해야 하는데 그러고 싶지 않았다.

"별일 아니에요."

둘러댄다고 해도 곧 탄로 날 테지만 일단 그러기로 했다. 구주미 엄마가 쉽게 넘어가지 않을 테고 황 부장과 경찰이 잘 아는 사이인 걸 보면 오늘 중에 황 부장 귀에 들어갈 수도 있었다. 하지만 남의 입을 통해 들어가거나 말거나 지금 당장 피곤하고 싶지 않았다.

"혹시."

황 부장 얼굴에 살짝 긴장감이 돌았다.

"이 집에 무슨 일 있는 거 아니야? 소문이 흉흉하잖아. 그 소문에 대한 진실이 나왔다든가 아니면 소문을 뒷받침할 만한 새로운 뭔가가 나왔다든가. 그것도 아니면 이층에 살던 가족들이 어딘가에 살아 있다는 충격적인 뉴스거리가 있든가. 그래도 식당 사장은 견뎌야 해. 금세 때려치우면 안 된다고."

"그런 거 아니에요."

"아니야?"

"예."

황 부장은 잠시 뭔가 찜찜한 표정을 짓더니 곧 그 표정을 털어냈다. 그리고 음식을 다 먹도록 왕 원장 이야기를 했다. 처음 그 자리에 미용실을 오픈할 때만 해도 의욕이 넘쳤고 동네 아줌마들의 수다도 척척 받아넘길 정도로 살갑게 굴어 동생처럼 잘 대해주었는데, 요 며칠 사람이 좀 이상하게 변했다고 했다. 무슨 말을 물어도 시원하게 대답하지 않고 무슨 불만이 있는 사람처럼 입이 튀어나와 있다고 말이다. 사람이 초심을 잃지 말아야 성공하는 거지, 좀 괜찮아지면 자기가 잘나서 그런 줄 알고 의기양양하는 경우가 있는데 그 순간 폭망하는 거라는 악담까지 했다.

"사실은요."

나는 그냥 듣고만 있을 수 없었다. 그저 귓등으로 흘려듣고 있자니 왕 원장을 너무 구석으로 몰아세우는 거 같았다.

"그럴 만한 사정이 있는 거 같아요."

"그럴 만한 사정? 뭔데?"

"이건 지극히 왕 원장의 개인적인 일인데요, 황 부장님이 오해를 하는 거 같아서 아무래도 힌트는 드려야 할 거 같아서요. 왕 원장은 초심을 잃었다든가 자기가 잘난 줄 알고 의기양양하는 게 아니에요. 사실은 지금 왕 원장이 엄청나게 힘들어요. 차였거든요."

"차여?"

"예."

"그게 뭔 소리야?"

그 정도 힌트를 주면 알아들을 거라고 생각했는데 아니었다. 온갖 잘난 척은 다 하고 다녀서 말귀도 잘 알아듣는 줄 알았는데 초등학생도 알아들을 말도 못 알아들었다.

"좋아하는 여자한테 차였다고요. 실신 직전이에요. 밥도 못 먹어서 살이 완전 쪽 빠졌더라고요."

"어머. 그래? 아휴, 솔직히 말하는 건데 어떤 여자가 왕 원장을 좋아하겠어? 친구로는 말도 잘 들어주고 좋을 수 있지. 미용사로도 최고야. 그 정도 솜씨를 가진 사람 찾기 힘들거든. 하지만 남자로는……. 아무튼 그런 일이 있어도 그래, 그렇다고 미용실 문을 닫아? 그건 그거고 미용실은 미용실이지. 장사는 말이야, 고객들과의 약속이야. 딱 약속한 날만 쉬어야 하는 거라고."

큰 소리로 웃고 말도 많은 황 부장이었다. 그래서 성격도 좋아 보이고 친구도 많을 것 같았다. 나는 황 부장이 왕 원장 사정을 알면 그래도 이해할 줄 알았다. 하지만 오늘 본 황 부장은 영 다른 사람이었다.

"파감로맨스 어때요? 파 냄새 덜 나요?"

"그대로야."

황 부장이 시큰둥하게 말했다.

황 부장이 돌아가고 난 다음 식당 문을 닫았다. 방에 누워 손바닥을 멍하니 바라봤다. 도장 자국을 열로 나눈다고 봤을 때 둘 정도만 남아 있었다. 하지만 이 둘도 어느 순간 빠르게 사라질 수 있는 일이었다.

"내가 이러고 있으면 안 되지."

나는 일어나서 식당 문을 다시 열었다. 고동미가 설이일 가능성은 거의 100퍼센트다. 하지만 고동미가 설이라는 확실한 증거는 아직 없다. 내 짐작일 뿐이다. 고동미는 설이일 때의 기억이 조금도 없다.

세상과 세상이 이렇듯 확실히 갈라질 줄은, 이 정도일 줄은 정말 몰랐다. 전생의 기억을 깡그리 잊었다고 들었고, 당연히 각오도 했지만 그래도 내가 노력을 하면 뭔가 틈이 있을 거라고 막연히 믿었었다.

그때 황 부장이 달려왔다.

"뭐 두고 가셨어요?"

"아니, 그게 아니야. 약속 식당 사장, 예쁘다 미용실에 그만둔다는 안내문이 붙어 있어. 왕 원장한테 아무 연락도 없었지?"

"그만둔다고요? 그럴 리가요."

그만둘 가게를 온 정성을 다해 구석구석 꼼꼼히 청

소를 했다고? 나는 청소하는 왕 원장을 보며 그가 곧 마음을 정리하고 일에 몰두할 거라고 믿었었다.

"이러면 곤란하지. 이렇게 금방 그만두면 진짜 곤란하지."

황 부장은 진심으로 화가 난 듯했다. 큰길로 나가면 건물마다 미용실이 하나씩 자리 잡고 있다. 인간적으로 동생처럼 대해줘서 약간의 배신감을 느낄 수도 있지만, 그렇다고 해서 저렇게 화를 낼 일은 아니다. 진심으로 동생처럼 생각하고 대했다면 얼마나 마음이 아프기에, 얼마나 회복하기 힘들기에 그런 결정을 냈느냐고 말해야 하는 거 아닌가. 부디 실연의 상처를 딛고 다시 힘차게 일어나면 좋겠다고 덕담이라도 해야 옳은 거다. 나는 대단한 배신이라도 당한 듯 펄펄 뛰는 황 부장을 가만히 지켜봤다. 내가 며칠 뒤 약속 식당 문을 닫으면 저렇게 화를 낼 건가?

"약속 식당 사장도 이런 식으로 금세 그만둘 건가?"

황 부장이 거친 숨을 내쉬며 물었다.

"예?"

"왕 원장처럼 이런 식으로 식당을 그만둘 거냐고?"

"그야 뭐……."

"내가 식당 사장을 얼마나 동생처럼 여겼는데, 알지? 하긴 식당 사장은 실연이니 뭐니 그런 걸 당할 사람은 아닌 거 같으니까. 연애를 해야 실연도 당하는 거 아닌가? 아니지, 왕 원장은 뭐 연애할 사람으로 보였나? 그건 아니었지. 아무튼 식당 사장! 사장은 그러지 마."

"그런데 진짜 궁금해서 그러는데요."

말이 길어지는 게 싫어서 듣고만 있으려고 했는데 너무 궁금했다.

"혹시 이 집이랑 예쁘다 미용실 건물이 황 부장님 거예요?"

견디라는 말을 계속하는 걸 보면서 그럴 수도 있을 거라는 생각이 들었다. 흉흉한 소문 때문에 영원히 빈집, 빈 가게로 남아 있을 때 제일 속이 타는 것은 주인이다.

"무슨 말도 안 되는 소리야? 식당 사장은 나랑 계약했어? 내가 주인이었으면 나랑 임대 계약을 했을 거 아니야? 나는 이 동네 분위기를 위해서 그러는 거고 또! 젊은 사람들이 소문이 안 좋은 빈집, 빈 점포에 들어와서 어떻게 해서든지 살아보려고 애쓰는 게 안타까워서 그러는 거라고. 이렇게 사람 마음을 몰라줄 수가 있나."

황 부장은 이래서 머리 검은 짐승은 거두거나 도와주는 게 아니라고, 그 정성으로 길고양이를 돌봤으면 착한 사람이라는 소리라도 들었을 거라고 한참을 소리치다 돌아갔다. 왕 원장에게 얼마나 배신감을 느끼면 저러나, 그냥 이렇게 생각하기로 했다.

부질없는 약속이었어요

'김보영, 42세.'

경찰서에서 들은 내 이름과 나이였다. 지문을 통한 신원 조회를 했는데, 김보영이라는 이름을 부를 때 낯설어하는 나를 보고 경찰은 자기들끼리 치매나 가출을 의심했다. 경찰들은 김보영이라는 인물에 대해 더 찾아내려고 애쓰는 듯했지만, 마흔두 살의 김보영이라는 것 외에 다른 것은 찾을 수 없는 모양이었다. 가출이라는 증거도 치매라는 증거도 없었다. 경찰서에 불려 갔지만 딱히 할 말이 없었다. 나는 구주미와 동찬이에게 물어보는 게 진실을 아는 데 도움이 될 거라는 말만 계속 했다.

경찰서에서 나와 하늘을 바라봤다. 눈물이 핑 돌 정도로 맑고 파란 하늘이었다.

나는 고동미 집으로 향했다. 남은 시간은 고동미를 계속 만나야 한다. 마침 학교가 마치는 시간이었다.

고동미 집 어귀 골목에서 고동미를 만났다.

"저는 구주미가 자기 발로 식당에 찾아갔을 거라고 믿어요."

고동미는 나를 보자마자 말했다.

"무슨 말이니? 구주미와 동찬이가 식당에서 잤던 일을 말하는 거니?"

"학교에 소문 쫙 났어요. 구주미 엄마가 학교에 연락했대요. 체육 선생님이 절대로 약속 식당에 가지 말라고 했어요. 저번에 약속 식당에 가라고 말했던 거 취소한대요. 체육 선생님도 되게 곤란한 상황인 거 같아요. 하지만 저는 다 알고 있어요. 저기…… 어젯밤에 구주미가 약속 식당에서 뭐 했어요? 이층에 올라가본 거예요? 맞죠?"

"아니, 구주미는 이층에 올라가지 않았어."

나는 잘라 말했다.

"그래요? 그런데 아줌마가 여기는 웬일이세요? 저 만나러 오시는 길이세요?"

"응? 으응, 맞아. 널 만나려고 왔어."

"왜요?"

"사실은 우리 식당이 곧 문을 닫을 거 같아서 말이야. 문 닫기 전에 음식 먹으러 오라는 말을 하고 싶어서……. 아차, 식당 문 닫는 거는 아직 비밀이야. 비밀 지켜줄 수 있지? 왜 비밀이냐면……."

"알아요. 왜 비밀로 해야 하는지. 이층집에 대한 소문이 진짜고, 그래서 문 닫는 거라고 사람들이 숙덕

거리겠지요? 그런 말을 듣는 게 기분 좋지는 않으니까요."

고동미가 말했다.

"맞아. 바로 그거야. 곧 문 닫을 건데 재료가 많이 남아 있어. 그래서 내가 음식을 만들어주고 싶은 사람들에게 만들어주려고. 언제 올래?"

고동미는 당장 오늘 저녁에 온다고 했다.

나는 식당으로 돌아와 재료를 정성껏 다듬고 준비했다. 고동미가, 아니 설이가 영원히 잊지 못할 정도로 최고의 맛을 내는 비밀병기를 만들고 싶었다. 그리고 비밀병기 속재료에 대한 이야기를 꺼내놓다 보면 고동미는 설이였던 시절의 작은 기억 하나라도 생각해낼지 모른다. 그러면 그때 파감로맨스에 대해 말해야지. 설이가 그날 아침에 말해주려던 파감로맨스 레시피도 고동미가 부디 생각해낼 수 있기를 진심으로 바랐다. 그러면 나는 온갖 정성을 다해 그 레시피로 파감로맨스를 만들 거다. 설이 레시피에 허점이 보이면 내가 연구했던 레시피도 슬쩍 추가하면서. 나와 설이의 레시피가 만나면 어쩐지 파감로맨스를 완벽하게 완성할 수 있을 거 같았다. 이제는 설이가 아닌 고동미가 감잣국이나 감자찌개에 들어간 파가 불행을 몰고 온다고 생각하지는 않는다고 해도, 그래도 파감로맨스가 완성되어야 나는 설이와의 약속을 지키게 되는 거다. 좋아한다는 말은 깊고 깊은 바닷속에 잠겨 영원히 수면 위로 떠오르지 못할 말이 되었다.

'살아 있을 때 말할걸.'

나는 후회를 했다. 말을 하지는 않아도 설이는 내 마음을 알았을 테지만, 짐작하는 것과 말로 직접 듣는 것은 달랐을 텐데. 내 고백을 듣고 살포시 웃는 설이 모습이 눈앞에 그려졌다. 유채우와 설이로 딱 1분만 돌아갈 수 있다면 얼마나 좋을까.

저녁 시간이라고 하기에는 좀 이른 시간에 고동미가 왔다. 고동미는 식당에 들어오자마자 화장실로 갔다. 나는 고동미가 손도 씻을 겸 화장실에 간다고 생각했다. 하지만 시간이 제법 지나도 고동미가 돌아오지 않았다. 불길한 예감이 머리를 스치고 지나갔다. 화장실로 고동미를 찾아가려는 순간 고동미가 돌아왔다. 나는 고동미 손을 바라봤다. 물기가 전혀 없었다. 손을 씻지 않았다는 증거였다. 물기 없는 손에 먼지가 묻어 있었다. 이층에 다녀온 건가? 나는 일단 모르는 척하기로 했다.

"비밀병기 만드는 거예요?"

고동미가 물었다.

"응? 으응. 맞아, 비밀병기. 일단 비밀병기부터 만들어야지. 저기 저 자리에 앉아."

나는 창가 쪽 자리를 가리켰다. 창을 통해 저녁 햇살이 들어오고 있었다. 설이는 저녁 햇살과 노을을 좋아했다. 언젠가 노을이 유난히 빨갛던 날, 설이는 보육원 계단에 앉아 '저 노을 뒤에 우리가 모르는 세계가 있는 거 같아' 하고 말했었다. 지금 왜 그 말이 떠오르는지 모르겠다. 우리가 모르는 세계! 설이가 그날 말했던 세계가 지금일 수도 있다는 생각이 들자 씁쓸했다.

"냄새 좋아요."

고동미가 말했다. 비밀병기를 굽다가 고동미를 힐끗 본 나는 가슴이 덜컥 내려앉았다. 저녁 햇살을 받은 고동미 이마가 설이와 똑같았다. 이마를 타고 콧잔등까지 내려오는 선도 설이와 같았다.

비밀병기 접시를 탁자 위에 내려놓고 고동미와 마주 앉았다.

"고구마하고 당근이 들어간 거 같고 양파 맛도 살짝 나요."

"맞아."

"그런데 이 고소한 끝맛은 무슨 맛인지 모르겠어요."

나는 고동미 말에 긴장했다. 고소한 끝맛! 그게 바로 설이와 나의 비밀 재료다. 제발, 제발 고동미가 그걸 기억해냈으면 좋겠다. 간절한 마음에 두 손을 모아 쥐었다.

"내가 아는 아이 두 명이 있어. 둘은 같이 비밀병기를 개발했어."

"그래요? 아줌마 딸? 아들?"

"아니, 그건 아니고. 내가 무척 좋아하던 아이들이었어. 둘은 보육원에서 생활했거든. 여자아이는 음식 솜씨는 꽝이었지만 음식 개발에는 타고난 소질이 있는 아이였고, 남자아이는 손맛이 있는 아이였어. 여자아이는 세상에 존재하는 모든 백화점과 마트에서 자신이 개발한 음식을 판매하는 게 꿈인 아이였지. 어떤 때는 멋진 레스토랑을 하는 게 꿈이기도 했어. 여자아이는 레스토랑을 내면 남자아이에게 그 레스토랑의 수석 요리사가 되라고도 했지."

나는 말을 하며 고동미 얼굴 표정을 하나도 놓치지 않으려고 애썼다. 언제 어느 순간 설이였을 때의 기억이 나타날지 모른다.

"둘은 꿈을 이뤘어요?"

"아니."

"아하, 아직 아이들이군요? 어른이 되면 꿈을 이룰 수 있겠네요."

"남자아이가 죽었어."

"예?"

"남자아이가 죽었다고."

나는 창밖을 바라봤다. 햇살은 서서히 물러가고 있었다. 햇살이 물러간 자리에는 어둠이 조금씩 들어차고 있었다.

"어쩌다가요?"

차마 맞아 죽었다는 말을 할 수 없었다. 나는 얼른 대답하지 못하고 어떤 말로 둘러댈까 망설였다. 하지만 가만 생각해보니 그 말만큼 기억을 소환하는 데 도움이 되는 말은 없을 거 같았다. 설이에게 내 죽음만큼 충격적인 것은 없었을 테니까. 나는 심호흡을 하며 마음을 다잡았다.

"싸우다가, 싸우다가 죽었지."

고동미가 나를 빤히 바라봤다.

"저번에 맞아 죽었다는 말 했었잖아요? 그럼 그 말이 그 아이가 죽었다는 말이었네요?"

내가 그런 말을 한 적이 있었나? 고동미 입에서 맞아 죽었다는 말이 나오는 순간 뒤통수를 얻어맞은 듯 정신이 멍했다.

"그래, 뭐, 표현이야 여러 가지로 할 수 있지. 하지만 지금은 싸우다 죽은 거로 표현하자. 그 아이는 여자아이를 지켜주다가 죽은 거거든. 그런 사연이 있는데 맞아 죽었다고 말하는 건 좀 가혹하지 않니?"

"그런 거 같아요."

고동미가 고개를 끄덕였다.

말이 끊겼다. 고동미는 말없이 비밀병기를 먹었고 나는 고동미 얼굴만 살펴봤다.

"감자 좋아한다고 했지?"

"예."

"혹시 좋아하는 음식이 불행을 가져온다는 생각을 해본 적은 있었니?"

"좋아하는 음식이요? 글쎄요, 그런 생각은 안 해본 거 같아요."

잠시 고요가 흘렀다.

"부탁이 있는데 말이다. 그 아이들이 미처 완성하지 못한 음식이 있거든. 나는 그 음식을 완성해야 해. 도와주겠니? 바로 저기 저 음식이야. 파감로맨스."

나는 메뉴판을 가리켰다. 고동미는 고개를 저었다.

자기는 요리에는 소질이 없다고 했다.

"그래, 싫다면 할 수 없지."

마음속에서 바람이 불었다. 바람은 온몸을 헤집고 다녔다. 바람이 헤집고 다니는 곳마다 얼음이 되는 거 같았다. 위가 시렸고 심장이 시렸고 창자가 시렸다.

고동미가 잘 먹었다는 말을 하며 일어선 바로 그때, 문이 열리며 구주미가 들어왔다. 고동미와 구주미는 약속한 듯 서로 놀랐다. 나는 긴장했다. 둘 사이가 어떤지 알고 있는 상황에서 싸움이라도 일어나면 어떻게 해야 하나 걱정이 밀려왔다. 싸움이 일어나면 구주미 엄마가 또 그 일을 어떤 식으로 물고 늘어질지 눈에 보듯 뻔했다. 또 경찰에 신고하고 학교에 알리겠지. 그러면 얼마 남지 않은 시간 중에 일부를 그 일에 써야 한다.

"자, 고동미는 지금 집에 가려는 중이었어. 어서 가라. 그리고 구주미는 무슨 볼일이 있어서 온 거 같으니까 여기 앉고. 너희 엄마가 너 여기 온 걸 알면 야단날 텐데. 그래도 왔으니까 앉아라."

나는 재빨리 정리했다.

"둘이 무슨 얘기했어요?"

구주미가 물었다.

"아무 얘기도 안 했어. 무슨 할 이야기가 있겠니? 식당은 할 이야기가 있어서 찾아오는 곳이 아니야. 음식을 먹으러 오는 곳이지. 봐라. 빈 음식 접시 보이지? 막 음식을 다 먹었거든."

"아줌마, 왜 이렇게 당황해요?"

구주미가 눈을 가늘게 뜨며 물었다. 누가 당황하느냐고, 전혀 그런 거 없다는 뜻으로 나는 어깨를 으쓱 올려 보였다.

"왜요? 고동미가 내 잘못이라고 말해요? 끝까지 저는 잘못 없다고 그래요?"

"그런 말 한 적 없어."

고동미가 쏘아붙였다. 분위기가 삽시간에 얼어붙었다.

"자, 자, 잠깐만. 둘 다 앉아보자."

나는 얼음 같은 둘이 어느 순간 폭발음을 내며 깨질 수도 있다는 위기감이 들었다. 얼음 조각이 파편이 되어 살갗에 날아들어 상처를 낼 거 같았다. 나는 그러기 전에 둘을 자리에 앉혔다. 둘은 용수철처럼 튀어 올랐다. 하나를 앉혀놓으면 하나가 일어나고 하나를 앉혀놓으면 다른 하나가 일어났다.

"좋아. 싸워. 하지만 싸우고 싶으면 여기서 나가서 싸워."

나는 싸움을 말리려고 한 말이었다. 그런데 구주미는 내 말이 떨어지기 무섭게 고동미 멱살을 잡더니 질질 끌고 나갔다. 고동미는 비명 소리 한 번 내지 않고 구주미에게 끌려갔다. 갑작스럽게 일어난 일에 나는 넋이 나가서 구주미와 고동미 뒷모습만 물끄러미 바라봤다. 그러다 어느 순간 정신이 들어 쫓아나갔다.

공터에서 싸우기 직전의 둘을 갈라놓고 각자 집으

로 돌려보냈다.

식당으로 돌아와 손을 씻으며 손바닥을 바라봤다. 눈물이 왈칵 쏟아졌다. 눈물은 끝없이 났다. 울면서도 내가 왜 우는지 정확히 알 수가 없었다. 고동미가, 그러니까 설이가 다른 남자아이를 좋아해서 질투 때문에 눈물이 나는 건지 아니면 설이에 대한 내 마음이 그저 어리석은 집착이라는 생각 때문에 눈물이 나는 건지, 그것도 아니면 둘 다인지.

한참 울고 있을 때 누군가 부르는 소리가 들렸다. 대충 세수를 하고 식당으로 갔다. 왕 원장이었다. 파란색과 빨간색으로 딱따구리처럼 염색했던 머리가 달라져 있었다. 까만색이었다. 윤기가 흐르는 까만 머리는 이마를 살짝 덮고 있었다. 염색했을 때보다 사람이 좀 더 진중하고 침착해 보였다. 늘 까만 옷을 입던 왕 원장이었지만 오늘 입은 까만 정장은 유독 말끔해 보였다.

"미용실을 그만둔다면서요? 황 부장이 애타게 찾고 있던데요. 다른 미용실에서 머리를 했는데 영 마음에 들지 않는대요."

"이제 가야 하거든요."

"다른 곳에 미용실 내게요?"

"그런 건 아니에요. 내게 주어진 시간이 다 되었거든요. 어차피 시간이 다 되면 이렇게 갈 줄은 알았어요. 하지만 이런 결말을 예상하지는 못했어요. 그러니까 뭐라고 해야 하나, 엄청나게 아름다운 결말을 예상했지요. 나는 다른 건 몰라도 그 사람에 대한 내 생각은 늘 옳다고 여겼었거든요. 그 사람이 어디에 있든, 어느 세상에 있든, 그 세상이 시공간을 초월한 곳이라 하더라도 늘 내가 옆에 있어야 한다고 믿었거든요. 내가 예전에 말이에요, 엄청나게 몰입해서 봤던 드라마가 있어요. 시간과 공간을 초월해서 사랑하는 사람을 만나는 드라마였어요. 두 사람은 둘 다 죽어서 다른 세상에서 만났음에도 불구하고 그 사랑을 간직하고 있었지요. 둘이 재회할 때의 모습이 어쩜 그리 아름답던지요. 처음 사랑했을 때 그 모습 그대로였지요. 나는 그런 걸 꿈꿨었나 봐요."

왕 원장은 울먹였다.

"누군가 그랬지요. 사람은 태어나는 순간 자신이 살아가야 할 시간이 주어진다고요. 주어진 시간을 다 살고 나면 그것으로 끝이라고요. 혹시라도 다른 세상에서 다시 태어난다고 해도 그 삶은 다른 이의 삶이라고. 그 사람의 삶이 연장되는 거는 아니라고 말이지요. 그런데 나는 내가 기억하고 있는 것들은 계속 내 것이라고 믿었어요."

나는 왕 원장을 바라봤다. 왕 원장의 눈이 깊었다. 깊은 왕 원장의 눈과 마주하는 순간이었다.

"혹시……."

혹시 만호를 아느냐고 묻고 싶었다.

"나는 그 시간 안에서 그 사람에게 내가 가진 정성을 다했어요. 내가 할 수 있는 것을, 내가 줄 수 있는 것을 모두 다 하고 모두 다 주었어요. 그럼에도 불구하고 늘 모자란 것 같았고 언제나 부족한 것 같았어요. 그리고 그 사람에게는 내가 절대적으로 필요하다고 여겼지요. 죽어서도 그 사람을 놓지 못한 이유였지요. 혹시라도 도움이 될 수 있을지 몰라 이 말은 해주고 싶어요. 척 보니 아직 찾는 사람을 못 찾은 거 같아서요. 실망을 하든 후회를 하든 찾는 사람을 찾긴 해야 하는 거잖아요? 새롭게 얻게 된 삶을 송두리째 바치고 이곳에 왔을 테니까요. 이 집 이층 사건 말이에요."

왕 원장이 내 앞으로 한 걸음 다가섰다.

"만호를 만났었군요?"

나는 왕 원장에게 물었다. 왕 원장이 고개를 끄덕였다.

"이층에 살던 가족은 모두 자기 발로 이 집을 떠났어요. 어떤 사건에 연루된 것도 아니에요. 사건에 연루된 것처럼 꾸민 거지요."

"그게 무슨 말이에요?"

"이층에 살던 사람들은 이 집의 주인이 아니었어요. 세를 살았지요. 그런데 집주인과 무슨 일이 있었던 거 같아요. 그 일이 뭔지는 잘 몰라요. 분명한 건 집주인에게 원한을 가졌던 거지요. 그리고 가장 중요한 것은 이층집 사건에 황 부장이 연루되어 있어요. 황 부장과 이층에 살던 사람이 아주 가까운 친구였어요. 이 집, 아무리 싼값에 내놓는다고 해도 누가 사겠어요? 아무도 사는 사람 없지요. 절대 안 사지요. 마지막에 가서는 이 집을 황 부장이 살 겁니다. 미용실도 마찬가지고요. 황 부장은 무서운 사람이에요. 이층에 살던 사람과 친구였음에도 불구하고 친구를 위하는 척하면서 속였지요. 여기 아마 머지않아 재개발된다고 발표날 거예요. 황 부장은 그 정보를 어디서 입수했는지 모르지만 알고 있었어요. 집주인과 원한이 있는 세 들어 사는 친구! 그 친구를 위하는 척 모종의 계획을 짠 황 부장. 뭐 그런 스토리예요."

나는 놀라서 왕 원장을 바라봤다.

"살던 사람들이 아무도 모르게 집을 떠난 일인데 사람들의 입에 오르내리면서 대단한 사건으로 둔갑한 거지요. 미용실도 마찬가지예요. 사람이 살면서 겪을 수 있는 일 중에 조금은 의외여서 충격적인 일, 그런 일들이 미용실에 일어났어요. 그 일도 사람의 입에 오르내리면서 무서운 사건으로 변한 거지요. 미용실이 있는 쪽도 재개발이 될 거예요."

왕 원장이 없는 말을 하는 거 같지는 않았다. 하지만 왕 원장 말을 곧이곧대로 믿기에는 의심쩍은 점이 있다. 이층에서 나는 소리 말이다. 뭔가 질질질 끌고 가는 듯한 소리, 그 소리는 어떻게 설명할 건가.

"소문이 아주 틀린 거는 아니에요. 이층에서 소리가 들려요. 꼭 비가 내리는 날 말이에요."

"그래요?"

"예. 뭔가 질질질 끌고 다니는 소리예요."

왕 원장은 잠시 말이 없었다.

"그건 참 이상한 일이군요. 하지만 식당 언니가 없는

말을 하지는 않을 테고……. 아무튼 내가 알고 있는 이 층 사건은 다 말씀드렸어요. 이제 가야 해요."

왕 원장 말이 빨라졌다.

"잠깐. 그 말은 어디서 들은 거예요?"

나는 확실한 정보인지 궁금했다.

"황 부장이요. 아, 그렇다고 해서 황 부장이 나한테 직접 말한 거는 아니에요. 내가 황 부장에 대해 샅샅이 캐다 보니까 알게 된 사실이지요. 나는 어떤 사람을 애타게 찾아다녔고 저번에 식당 언니가 말했던 것처럼 Y미용실 원장이 그 사람인 걸로 잠시 착각도 했었지요. 하지만 내가 그토록 찾던 사람은 황 부장이었어요. 상상조차 하지 않았던 모습으로 만나게 된 거지요. 내가 만나고 싶었던 그 사람, 그 사람과의 시간은 그 세상에서 끝났던 거예요. 그 사람은 다른 사람으로 태어나서 새로운 사람의 시간을 살고 있는 거지요. 나는 말이에요. 그 사람에게 늘 말했었어요. 지금 세상에서 너에게 해줄 게 조금밖에 없어서 미안하다, 하지만 다음 생에도 나는 너를 만날 것이고 그때는 더 잘 해줄 거다. 늘 최선을 다했음에도 늘 부족하다고 느꼈고 부질없는 약속을 하게 되었지요. 그런데 말이에요, 내가 그렇게 말할 때마다 그 사람도 나랑 똑같은 말을 했거든요. 다음 생에도 나를 만나고 싶다고. 결국은 약속은 지켜지지 않았어요. 부질없는 약속이었어요. 부족하다고 느꼈다면, 그 부족함을 채우려고 그 순간 더 애써야 했어요. 다음을 기약하지 말고요. 그 사람이 나처럼 간절하지 않았다는 사실을 확인한 거 같아 마음이 아프네요. 아! 이제 정말 가야 해요."

왕 원장이 손을 흔들었다. 그때 왕 원장 손바닥이 눈에 들어왔다. 나는 왕 원장 손목을 힘껏 잡고 손바닥을 펴보았다. 빨간 도장 자국이 점처럼 남아 있었다.

"소멸하는 건가요?"

왕 원장이 내 손을 살짝 뿌리치고 돌아섰다. 왕 원장은 식당 문을 나서서 마당을 가로질러 걸어갔다. 나는 왕 원장이 골목 모퉁이를 돌아서고 나서도 오래오래 눈을 떼지 못했다. 약속은 지켜지지 않았다는, 부질없는 약속이었다는 왕 원장의 목소리가 귓가에 출렁거렸다.

마지막으로 해야 할 일이 생겼다

이틀 동안 머릿속이 혼란스러웠다. 나는 왕 원장이 했던 말을 곱씹어봤다. 나도 왕 원장과 같았다. 설이에게 내가 해줄 수 있는 것을 다 해주었음에도 불구하고 늘 부족한 거 같았다. 나만이 설이를 지켜줄 수 있는데 그 정도밖에 못 해주는 게 항상 아쉬웠었다. 그래서 죽어서도 다음 생에 태어나면 여전히 설이를 지켜주고 싶었다.

'내가 간절했던 만큼 설이는 간절하지 않았던 건가? 나도 왕 원장처럼 그 사실만 확인하고 떠나게 되는 건가?'

설이도 죽고 나서 심판을 받고 다시 사람으로 태어날 가능성을 얻었을 거다. 당연히 만호가 찾아갔겠지. 그럼에도 불구하고 고동미로 살고 있는 것은, 설이가 만호의 제안을 받아들이지 않았다는 증거다. 나만큼 절실하지 않았다는 증거이기도 하다.

'나는 약속을 지키고 싶었는데. 그리고 내가 죽은 건 절대 설이 잘못이 아니라고 말해주고 싶었는데. 좋아한다는 말도 꼭 하고 싶었는데.'

왕 원장 말대로 다 부질없는 일이었다.

'내가 만호의 제안을 받아들이지 않았다면, 이곳에 오지 않았다면 나는 어느 세상으로 가서 어떤 사람으로 살아갔을까?'

문득 그런 생각이 들었다. 쓸데없는 생각이었다.

나는 자리를 털고 일어나 창밖을 내다봤다. 하늘이 잔뜩 찌푸렸다. 비라도 쏟아질 기세였다. 마흔두 살 김보영이라는 사람으로 살 날도 얼마 남지 않았다. 도장 자국으로 봐서 고작 하루 이틀, 길면 삼사일 정도였다. 김보영이라는 사람은 누구일까. 내가 왜 그 사람으로 이곳에서 살고 있는 걸까. 궁금했지만 그것 역시 의미 없는 궁금증이고 쓸데없는 생각이었다. 나는 곧 한 자락 연기로 소멸할 테니까.

냉장고를 열어봤다. 음식 재료가 남아 있었다. 왕 원장은 떠나기 전 며칠을 꽤 방황했던 것 같았다. 미용실 문을 닫고 황 부장을 만나지도 않았다. 아마 그때 왕 원장도 지금의 내 마음 같았을 거다. 나는 아무것도 하고 싶지 않았다. 그러다 정신이 번쩍 들었다. 냉장고 청소를 하고 음식 재료를 다듬어 정리했다.

저녁이 되자 비가 쏟아지기 시작했다. 나는 비밀병기를 만들었다. 고소한 버터 냄새가 눅눅한 식당에 퍼지자 기분이 한결 좋아졌다. 따뜻한 비밀병기를 잘라 입에 넣었다. 고소한 냄새가 입 안 가득 퍼졌다.

'저렇게 많은 파는 어떻게 하지? 만호의 정성을 봐서라도 재료는 다 쓰고 가야 하는 거 아닌가?'

나는 냉장고에서 파를 꺼냈다. 끓는 물에 파를 데칠 생각이었다. 이미 해본 레시피 중에 하나였다. 그래도 한 번 더 해보고 싶었다. 이미 의미 없는 일이 되었지만, 이런 거라도 하지 않으면 왕 원장처럼 방황하며 남은 시간을 보낼 거 같았다. 그러면 안 될 거 같았다. 그러면 유채우, 나 자신이 너무 초라해질 거 같았다.

파를 데쳐놓고 감자를 삶았다. 삶은 감자를 곱게 으깬 다음 파를 잘게 다졌다. 여전히 파 냄새가 났다. 나는 적당하게 익은 파감로맨스를 먹기 좋게 잘라 입에 넣었다.

'설이의 레시피는 뭐였을까?'

의미 없다는 걸 알면서도 여전히 궁금했다.

그때였다. 이층에서 소리가 났다. 질질질질질, 뭔가를 끌고 다니는 소리였다.

콰아아앙, 쾅!

천둥 번개가 쳤다. 나는 식당의 불을 껐다. 불을 끄자 이층에서 나는 소리는 더 또렷하게 들렸다.

나는 발꿈치를 들고 창고로 향했다. 왕 원장 말대로라면 이층에는 아무도 없어야 한다. 살던 가족이 모두 떠났으니까. 이층에서 무슨 일이 일어나고 있는지 확인하고 싶었다.

어둠 속을 더듬거리며 이층으로 올라가는 계단 앞

에 섰다. 천둥소리는 더 요란해졌다. 한 계단 한 계단 조심조심 올라갔다. 심장이 터질 듯 뛰었다.

'헉.'

마지막 계단을 올라섰을 때 나도 모르게 신음이 터져 나오려고 했다. 나는 손바닥으로 입을 막았다. 이층 거실로 들어가는 문이 열려 있었다. 며칠 전 이층을 돌아보고 나올 때 분명 문을 닫고 나왔었다. 고동미의 먼지 묻은 손이 머릿속을 스치고 지나갔다. 고동미가 열어놓은 건가? 문 뒤에 몸을 숨기고 잠시 숨을 고른 다음 거실을 바라봤다. 거실은 칠흑처럼 어두웠다. 얼마가 지나자 거실의 어둠이 차차 눈에 익었다. 흡! 나는 숨을 멈췄다. 거실에 사람의 실루엣이 보였다. 뭔가를 끌고 다니고 있었다. 거실을 지나 안방으로 가고 안방에서 다시 거실로 나왔다. 그러고는 다시 안방으로, 안방에서 거실로, 반복이었다.

콰앙!

몇 번 천둥 번개가 쳤지만 번갯불에 비친 모습으로 정체를 알아낼 수는 없었다. 얼마간 안방과 거실을 오가던 그 사람이 안방으로 들어간 후 잠시 조용했다. 그리고 곧이어 쿵! 소리가 났다. 얼마 후 그 사람이 안방에서 나오더니 내가 서 있는 쪽으로 다가왔다. 나는 재빨리 문 뒤에 숨으려다 멈칫했다. 저 사람이 만약 이 계단을 내려간다면 문을 닫을 것이고, 그러면 들키게 될 거다. 나는 재빨리 발소리를 죽이며 계단을 내려와 창고 한쪽에 숨었다. 타박타박! 계단을 내려오는 발자국 소리가 들렸다.

쿵.

마지막 계단에서 창고 바닥으로 내려서는 순간 발자국 소리가 크게 울렸다. 소리에 놀랐는지 그 사람은 멈칫 섰다. 그러고 나서는 창고에서 나갔다.

'식당으로 가는 건가?'

나는 약간의 시간 차를 두고 천천히 창고에서 나왔다. 끼이익! 소리가 들렸다. 재빨리 소리가 나는 곳으로 향했다. 화장실과 창고 중간에서 바람이 휙 들어왔다. 그곳을 빠져나가는 사람의 뒷모습이 눈에 들어왔다. 가까이에서 본 뒷모습이 낯설지 않았다. 어디서 본 듯한 뒷모습이었다. 덜커덕! 소리와 함께 더는 바람이 들어오지 않았다.

얼마가 지난 후 나는 화장실 복도 불을 켰다. 창고와 화장실 사이에 놓인 잡동사니가 가득 든 자루를 치우니 나무문이 나타났다. 문을 열자 이 집의 뒤꼍이 나왔다.

나는 다시 이층으로 갔다. 불을 켜고 안방으로 들어갔다. 그 사람은 자신이 끌고 다니던 것을 안방에 두었었다. 나는 붙박이장 손잡이를 잡고 조심스럽게 당겨봤다. 문은 매끄럽게 열렸다. 붙박이장 안에는 옷이 걸려 있었고 한쪽으로 이불 두어 채가 개켜져 놓여 있었다. 그리고 이불 옆에 뭔가 들어 있는 자루가 있었다. 내가 상상했던 그림이 눈앞에 떠올랐다.

'왕 원장이 잘못 알고 있었던 건가?'

여기에 살던 가족들이 집을 떠나지 않았을 수도 있다는 생각이 들었다. 왕 원장 말이 맞는다는 증거가 없듯, 소문이 사실이 아니라는 증거도 없다.

'어차피 하루 이틀, 길어야 삼사일 후면 소멸될 텐데 무서울 건 뭐가 있고 두려울 건 또 뭐가 있어?'

나는 자루를 향해 손을 내밀었다.

"이게 뭐야?"

자루 속을 확인하는 순간 어이가 없었다. 당황스럽기도 했다. 머릿속에 가득 찼던 공포가 사라지면서 그 자리에 궁금증이 들어찼다. 왜? 왜 이런 걸 넣은 자루를 끌고 다니는 거지?

날이 밝아도 비바람은 멈추지 않았다. 밤새 식당에 앉아 있었다. 낯익은 뒷모습! 그 사람의 정체가 생각날 듯 말 듯했다. 얼마 후 나는 자리를 박차고 일어났다. 누군지 생각날 듯 말 듯하던 뒷모습, 황 부장이었다. 분명 황 부장이 맞았다.

왕 원장의 말로는 황 부장과 이층에 살던 사람이 짜고 집주인에 대한 복수를 꿈꿨다. 그리고 황 부장은 이층에 살던 사람의 뒤통수를 쳤다. 아니 뭐, 뒤통수를 친 거까지는 아니지. 그래, 속인 거로 해두자. 어찌 되었든 이 집에 괴상한 소문을 내고 집의 가치를 떨어뜨린 다음 마지막에 황 부장이 사기로 했다. 왕 원장 말대로라면 황 부장의 계획대로 모든 것이 잘 진행되고 있다. 그런데 왜 황 부장은 이층에서 자루를 끌고 다녔을까? 그것도 비 내리는 날 밤에만. 그리고 한 가지 더 의문이 있다. 황 부장은 나에게 성급하게 식당을 그만두지 말라고 했었다. 미용실도 그렇다. 왕 원장이 그만둘까 봐 걱정했다. 흉흉한 소문이 돌 때 싼값에 사면 그만인 걸 말이다.

'아무튼 소문은 헛소문인 게 확실한 거네.'

황 부장이 왜 그런 짓을 하는지 알 수는 없지만, 흉흉하고 공포스러운 소문이 사실이 아닌 것은 확실해졌다.

'구주미와 고동미는 왜 싸운 거야?'

기가 찼다. 주미와 고동미는 황우찬이 잘못되었다고 여기고 그 이유가 다 자기들 탓이라고 생각하고 있다. 절친이 싸우고 다투며 멀어지고 서로 미워하고 원망하고 있었다.

'그래, 나는 이곳에서 할 일이 있어. 이 일이 바로 그 일이야. 약속을 지키게 되었네. 내가 여기에 온 것은 절대 부질없는 짓이 아니야. 의미가 있어.'

언제나 옆에서 지켜주겠다고 설이에게 약속했던 말, 그리고 죽어서도 꼭 해주고 싶었던 그 말이 이 일과 절묘하게 잘 맞아떨어졌다. 비록 파감로맨스를 완성하지 못하고 영원히 미완성으로 남겨지게 두더라도 내가 할 일이 있다는 것에 기뻤다.

구주미와 고동미의 관계를 원래대로 돌려놓는 것, 그게 바로 내가 할 일이다. 그래야 고동미도 행복할 수 있다. 가장 친했던 친구와 서로 원망하고 미워하며 사는 것만큼 불행한 일은 없을 테니까.

나는 계획을 세웠다. 시간이 없으니까 실패하지 않기 위해 구체적이고 꼼꼼한 계획이 필요했다.

'비가 내리는 날 황 부장이 자루를 질질 끌고 다니는 모습을 구주미와 고동미가 볼 수 있게 해야 해. 그러고 나서 왕 원장이 했던 말을 해주는 거야.'

날씨를 검색했다. 내일 오후부터 비가 온다는 예보가 떴다. 나는 학교 마치는 시간에 맞춰 고동미 집으로 가는 길 골목 어귀에서 고동미를 만났다.

"궁금한 게 있어서 너를 만나러 가는 길이었어."

나는 고동미와 고동미 집 부근에 있는 나무 아래 벤치로 갔다. 오랜 시간을 먹은 늙은 의자는 앉아도 무사할까 하는 의구심이 들 정도로 낡아 있었다. 나는 의자 한쪽 끝에 조심스럽게 앉았다. 고동미가 반대편 끝에 앉았다.

"나는 알고 있었거든."

나는 앞뒤 말을 다 잘라내고 말했다.

"뭘요?"

"약속 식당에 오면 네가 화장실에 간다고 나가서는 정작 화장실에는 가지 않는다는 걸."

"어떻게 알았어요?"

머뭇머뭇할 줄 알았는데 의외였다.

"이층으로 올라가는 곳을 찾아본 거지? 찾았니?"

"아니요."

고동미가 눈을 동그랗게 떴다.

"나는 알아. 식당에서 이층으로 올라가는 계단을 찾

아냈어."

"올라가봤어요?"

"아니. 혼자서는 무서워서 못 올라가겠더라고. 사실은 있잖아……. 비가 내리는 날이면 꼭 이층에서 소리가 들리거든. 뭔가 질질 끌고 다니는 소리."

"진짜요?"

고동미는 금방이라도 울음을 터뜨릴 거 같았다.

"네 말대로 황우찬 가족 중에 누군가가 들르러 온 거라고 해도 비 내리는 한밤중에 이층에 올라가는 건 무섭더라고. 그래서 말인데, 너도 같이 올라가보지 않을래?"

고동미는 대답하지 않았다.

"너는 소문을 안 믿잖아? 너는 황우찬 가족이 집을 떠났다고 믿잖아? 그러니까 무서울 이유도 없지. 비 내리는 날 식당으로 와. 밤에 비가 와야 해."

나는 자리를 털고 일어났다.

고동미 집에서 돌아오며 구주미 집에 들렀다. 혹시라도 구주미 엄마와 마주칠까 봐 집 주변을 몇 바퀴 뱅뱅 돌았다.

"아줌마, 여기 웬일이에요? 우리 엄마가 보면 큰일 나는데."

뒤에서 누군가 툭 쳤다. 동찬이였다. 동찬이는 태권도복을 입고 아이스크림을 먹고 있었다.

"너희 누나는 집에 있어? 집에 있으면 좀 불러줄래?"

동찬이는 몇 번 고개를 갸웃거리더니 곤란한 표정을

지으며 "엄마가 알면 큰일 나는데……"라는 말을 반복했다.

"너희 누나한테 아주 중요한 일이야."

구주미한테 중요한 일이라고 하자 동찬이는 잠깐 기다리라고 말하며 집으로 들어갔다. 잠시 후 구주미가 밖으로 나왔다. 나를 본 구주미는 다짜고짜 내 손목을 잡고 내달렸다. '아줌마, 미쳤어요? 우리 엄마가 알면 아줌마 경찰서에 잡혀가요.' 구주미는 달리면서 말했다.

"이층으로 올라가는 계단이 있어."

나는 구주미에게 말했다. 구주미가 달리던 걸 뚝 멈췄다.

"비 내리는 날 밤에 식당으로 와. 같이 이층에 올라가보자. 비 내리는 날에만 소리가 들리니까 꼭 비 내리는 밤을 기억해야 해."

나는 비 내리는 밤을 몇 번이나 강조했다.

"올라가본다고요? 이층에?"

구주미 얼굴이 새하얗게 변했다.

"나도 있고 고동미도 오기로 했어."

"동미가요?"

구주미는 아랫입술을 잘근잘근 씹을 뿐 대답하지 않았다.

"내일 비가 내린다는 예보가 있어. 꼭 와. 아, 너희 엄마한테 들키면 곤란한 일이 생길 수도 있어. 그러니까 엄마한테는 제대로 둘러대고 나와."

나는 한마디 더 하고 식당으로 돌아왔다.

약속 식당

예보에는 오후부터 비가 내린다고 했지만 아침부터 비가 내렸다. 시간이 지날수록 빗줄기는 더 거세졌다. 점심 무렵 폭우를 뚫고 황 부장이 왔다.

"별일 없지?"

"무슨 일이 있길 바라세요? 아무 일도 없는데요."

나는 태연한 표정으로 황 부장을 바라봤다.

"다행이야. 나는 식당 사장이 식당을 때려치울까 봐 걱정이거든. 그깟 소문이 뭔 대수야? 이 집 어딘가에 시체가 숨겨져 있다는 그 소문은 그저 소문일 수 있다는 말이야. 물론 소문이 사실일 확률도 아주 없는 건 아니지만 말이야. 그런데 사장! 이층에서 진짜 아무 소리도 안 들려?"

"글쎄요. 제가 잠이 들면 업어 가도 모르거든요."

소리가 들린다고 말하면 오늘 밤 아무 일도 일어나지 않을 수도 있다. 그러면 곤란하다. 오늘 황 부장은 꼭 이층에 나타나야 했다. 그리고 붙박이장 안에 있는 자루를 끌고 이층 곳곳을 돌아다녀야 한다.

황 부장은 확실히 김샌 표정이었다. 나는 황 부장의 속내를 어느 정도 파악할 수 있었다. 이층에서 이상한 소리가 나요, 무서워 죽겠어요, 아무래도 이 집 어딘가에 시체가 숨겨져 있다는 소문, 그리고 저주받은 집이라는 소문은 사실인 거 같아요, 식당을 접어야겠어요, 이런 대답을 원하고 있을 거다. 그러면 식당 사장, 소문이 확실한 것도 아닌데 조금만 더 견뎌 봐, 이러고 말하겠지. 그래야 완벽하다고 믿을 테니까. 첫날부터 찾아와 소문이 어쩌고저쩌고 떠들던 황 부장이었다. 그 뒤에도 혹시라도 내가 이 집의 소문에 대해 잊었을까 봐 한 번씩 확인했다. 그리고 내가 이곳에서 오래오래 식당을 하면 좋겠다는 미끼용 멘트를 날리며 동네의 분위기를 걱정하는 듯한 모습을 보였다. 미용실도 마찬가지였을 거다. 나는 황 부장이 이층에서 자루를 끌고 다녔듯, 미용실에서도 무슨 짓인가 했을 거라는 생각이 들었다. 나는 황 부장을 물끄러미 바라봤다. 왕 원장은 자신의 새로운 생을 포기하고 찾은 사랑하는 사람이 황 부장이라는 사실을 알았을 때 얼마나 절망했을까. 나도 왕 원장에 대해 자세히 알지는 못하지만, 섬세하고 마음이 약하며 나쁜 일이라고는 단 한 번도 해보지 않은 사람으로 보였다. 탐욕스러운 황 부장과 마주했을 때 왕 원장의 마음을 알 것 같아 콧날이 시큰해졌다.

"비밀병기 3인분 줘."

"오늘은 음식 안 해요."

"왜?"

"정기 휴일이거든요."

"그런 것도 있어?"

"그럼요. 그런데 예쁘다 미용실이 문을 완전히 닫아버렸는데 이제 황 부장님 머리는 어떻게 해요?"

"이 없으면 잇몸으로 살아야지. 큰길에 나가면 미용실이 깔렸는데 그중에 하나 잘 골라보지, 뭐. 왕 원장이 복을 걷어찬 거지. 나처럼 적극적으로 나서서 도와주는 사람을 어디 가서 또 만나겠어?"

한달음에 달려와 왕 원장을 찾던 그 모습은 이미 없었다. 왕 원장에 대해 말하는 황 부장 얼굴에는 목적과 목표를 달성한 이의 여유로움 같은 것이 넘쳤다.

"그런데 미용실에서 무슨 일이 있었나 봐요. 해괴한 일 말이에요. 왕 원장이 그러더라고요."

"무슨 일?"

한순간 황 부장이 긴장했다.

"그야 모르지요. 왕 원장이 자세히 얘기는 안 해줬거든요."

자세한 것은 모른다는 말에 긴장했던 황 부장 표정이 서서히 풀렸다. 그야, 장사를 그만두려고 핑곗거리를 찾은 거겠지, 그 미용실이 예전에 그런 일들이 좀 있었거든, 황 부장은 시큰둥하게 말하며 일어섰다.

마당을 가로질러 걸어가는 황 부장의 뒷모습을 보

며 만호의 제안을 받아들인 사람들 중에 자신이 꿈꾸던 대로 원하는 일을 성공한 사람이 있는지 궁금했다. 아무래도 그런 일은 없을 거 같았다. 그들이 만난 사람들은 이미 다른 사람이었을 테니까.

'그래도 나는 왕 원장보다는 상실감이 덜한 편이네.'

고동미가 황우찬을 좋아한다는 사실에 질투를 느끼기는 했지만, 고동미가 설이였을 때와 마찬가지로 어렵게 살고 있어서 속상하긴 하지만, 고동미가 설이인 것이 고맙게 느껴졌다.

오후로 들어서면서 잠시 비가 뜸해졌다. 이러다 날이 맑아지면 어쩌나 걱정이 되었다. 낮게 내려앉았던 하늘이 서서히 걷히면서 하늘이 점점 높아졌다. 제발, 제발, 비가 내리게 해주세요, 나는 간절하게 바랐다.

해까지 반짝 나타나자 속이 타들어갔다. 저녁이 되자 기다리고 기다렸던 비가 다시 내리기 시작했다.

빨간 우산을 쓴 구주미가 먼저 나타났다. 얼굴 가득 눈물 자국으로 얼룩진 동찬이도 같이 왔다. 구주미는 엄마가 알게 되면 다 네 탓이라며 동찬이 머리를 쥐어박았다. 제발 좀 중요한 날에는 따라다니지 말라고 구박도 했다. 머리를 쥐어박히면서도 동찬이는 꿋꿋했다. 구주미는 식당에 앉아 동찬이에게 오늘 밤 뭘 봐도 비밀을 지키라고 다짐을 주었다. 너, 다음 생에 다시 사람으로 태어나게 되면 제발 내 동생으로는 태어나지 마라, 아니지, 동생뿐 아니라 다시는 만나지 말자, 아주 귀찮아서 살 수가 없어, 구주미는 볼멘소리를 했다. 그래도 표정 하나 변하지 않는 동찬이를 보자 웃음이 쿡 나왔다. 구주미는 모르고 있다. 동찬이가 구주미를 얼마나 걱정하는지. 동찬이가 동생이어서 얼마나 다행인지. 그리고 동찬이와 다음 세상에서 다시 만나든 만나지 못하든 둘은 이미 다른 사람이 되어 있어 지금과 아무 상관이 없다는 것을.

"약속하라고. 다시는 동생으로 태어나지 않겠다고."

구주미가 동찬이를 흘겨보며 말했다. 굳이 대답을 들어야 직성이 풀릴 모양이었다.

"나는 누나를 꼭 지킬 거거든. 안 따라다니면 불안해."

동찬이는 꿋꿋했다.

"지금 하는 약속, 죽고 나서는 아무 소용없어. 지금 이 세상에서 살아가면서 한 약속이 중요한 거야. 내가 보기에도 구주미는 동찬이 네가 꼭 따라다녀야 하겠더라."

내 말에 구주미가 얼굴을 잔뜩 찡그렸다.

얼마 후 고동미가 왔다. 고동미가 식당 안으로 들어서자 구주미는 고동미를 외면했다.

나는 어두워진 뒤 식당 불을 끈 다음 모두를 데리고 방으로 들어갔다. 그리고 이층으로 올라가게 되었을 때 주의할 사항을 알려주었다. 계단을 올라갈 때 발소리를 죽일 것. 무슨 일이 있어도 이층의 불을 켜지 말 것. 불을 켜면 황 부장이 구주미와 고동미 얼굴을 보게 된다. 그러면 나중에 구주미와 고동미가 위험해질 수 있다. 그리고 내가 내려가라는 신호를 보내면 일층으로 내려가서 식당 안으로 들어가 있다가 이층에서 내려오는 나를 확인할 것.

밤이 깊었다. 동찬이는 이미 깊이 잠들었고 구주미와 고동미는 등을 돌리고 앉은 채 꼼짝도 하지 않았다. 둘 사이에 단단하고 큰 얼음벽이 서 있는 거 같았다. 뜨거운 열에도 결코 녹지 않을 것 같은 얼음벽이었다. 단단한 얼음벽 사이로 묘한 긴장감이 흘렀다.

"너희들 되게 웃겨."

나는 방 안에 가득한 긴장감을 없애려고 한마디 했다. 구주미와 고동미가 동시에 나를 바라봤다.

"그깟 남자아이 좋아하는 게 뭐라고 친구끼리 이렇게 잡아먹을 것처럼 구냐?"

구주미와 고동미 눈에서 무시무시한 레이저 광선이 뿜어져 나왔다. 나는 내가 얼마나 큰 실수를 했는지 금세 깨달았다. 긴장감이 너무 숨 막혀서 그걸 풀려고 한 말이었는데, 하필이면 그런 말을 했는지 내 입이 원망스러웠다. 둘에게 황우찬은 '그깟' 아이가 아니었다. 시간이 지나면 '그깟'이 될 수도 있지만 현재는 아니었다. 지금 구주미와 고동미에게 황우찬은 커다란 산 같은 존재일 수도 있다. 설이를 못 잊어서 여기까지 온 내가 이런 말도 안 되는 실언을 하다니.

"미안하다. 내가 실수했어."

나는 얼른 사과했다. 그때였다. 이층에서 소리가 들

렸다. 질질질질질, 자루를 끌고 다니는 소리였다.

"가자."

나는 자리에서 일어났다. 구주미와 고동미는 서로를 바라보더니 엉거주춤 일어났다. 우르릉 쾅쾅! 천둥이 쳤다. 방에서 나와 계단이 있는 곳으로 걸었다. 구주미와 고동미는 서로 바짝 붙어 나를 따라왔다. 좁은 계단에 세 사람이 들어서자 서로의 숨소리가 고스란히 들렸다. 내가 숨을 죽이자 구주미와 고동미도 숨을 죽였다.

황 부장은 자루를 끌고 거실을 돌아다니고 있었다. 누군가 내 손을 꽉 잡았다. 구주미인지 고동미인지 알 수는 없지만 손에 땀이 차서 축축했다.

거실을 한참 돌아다니던 황 부장은 주방으로 가서 몇 바퀴 돈 다음 작은방으로 들어갔다.

"귀, 귀, 귀신인 거예요?"

구주미가 속삭였다. 그러자 고동미가 구주미 입을 틀어막았다.

작은방에서 나온 황 부장은 다시 거실을 돌아다녔다.

우르릉 쾅쾅!

"내려가."

천둥이 칠 때 나는 구주미와 고동미에게 낮은 목소리로 말했다. 구주미와 고동미가 내려가고 나면 그때 이층 불을 켤 작정이었다. 그리고 황 부장 멱살을 잡고 일층으로 내려갈 계획이었다. 그러면 식당 안에 있던 구주미와 고동미가 나와 황 부장을 보게 될 거라는 완벽한 계획이었다.

그때였다. 환한 불빛이 거실을 돌아다니는 황 부장을 비추었다. 고동미의 휴대폰이었다.

"찍어."

고동미가 구주미에게 말했다.

"응? 으응."

찰칵! 구주미가 황 부장을 찍었다. 나는 당황해서 구주미와 고동미를 계단 쪽으로 살짝 밀었다. 얼른 내려가라는 뜻이다. 구주미와 고동미가 계단을 내려가는 걸 확인한 다음 나는 문 옆에 있는 스위치를 눌렀다.

황 부장은 그 자리에서 굳은 듯 움직이지 못하고 나를 바라봤다. 나 역시 아무 말 없이 황 부장을 바라봤다. 잠시 후 황 부장이 손을 내밀었다. 그러고는 중얼거리듯 내놔, 하고 말했다.

"뭘요?"

"사진 찍었잖아. 그거 지우자고. 나랑 얘기 좀 하자. 눈감아주면 그만큼의 대가를 지불하지. 이런 우중충한 집에서 식당 해봤자 얼마나 벌겠어? 다른 곳에 가서 해. 약속 식당 사장 정도의 손맛이면 다른 곳에서는 대박 터질 거야."

나는 아무 말 없이 뒤돌아서서 계단을 내려왔다. 황 부장이 따라 내려왔다. 나는 황 부장에게 오늘은 가고 날이 밝으면 다시 얘기하자고 했다. 황 부장은 내가 타협의 여지를 준 거로 이해했는지 고개를 끄덕이고 창고와 화장실 사이에 있는 문을 열고 나갔다.

"저 아줌마가 왜 이층에서 그러고 있어요?"

"뭔가 이유가 있을 거야."

구주미 말에 고동미가 대답했다.

나는 창고와 화장실 사이의 문을 잠근 다음 구주미와 고동미를 데리고 방으로 들어왔다. 그리고 구주미가 찍은 사진을 확인했다. 두 눈을 동그랗게 뜬 황 부장 얼굴이 또렷하게 보였다. 희미하기는 하지만 자세히 보면 이층 거실이라는 것도 확인이 되었다.

"나는 생각지도 못했던 증거를 너희들이 만들어주었구나. 나는 너희들에게 이층 사건의 내막을 알려주려고만 했거든. 너희들은 아무 잘못도 없었어. 양심의 가책 같은 거 느끼지 않아도 돼. 서로 원망하지 말라는 뜻이야."

"그 아줌마하고 범인하고 무슨 연관이 있는 거예요? 둘이 공범?"

구주미가 물었다.

"무슨 말을 해도 놀라지 마."

나는 구주미와 고동미에게 왕 원장에게 들었던 말을 들려주었다. 구주미와 고동미는 충격을 제대로 받은 거 같았다.

"중요한 거는 말이야. 황우찬은 아무 잘못이 없다는 거야. 그러니까 내 말은 너희들이 황우찬을 좋아하는 마음, 그 마음은 결코 부끄러워할 것이 아니라는 말이야. 내 말이 무슨 말인지 알지?"

내가 어쩌다 황우찬을 대변까지 하고 있는지 씁쓸하기는 했지만 사실이었다.

"맞아. 우찬이 형은 되게 착했어."

동찬이가 잠꼬대처럼 말했다.

"그 아줌마가 끌고 다니던 거, 그건 뭐예요?"

구주미가 물었다.

"마네킹. 마네킹을 다 분리해서 자루에 넣어놨더라고. 자루를 열고 얼핏 보면 정말 사람으로 착각할 수도 있겠더라. 확실한 증거가 있으니까 경찰에 신고를 하든 어쩌든 해야겠지? 아, 구주미 너희 엄마한테 말하면 가장 빨리 사건이 해결될 거 같구나."

나는 구주미에게 말했다.

"아줌마가 신고 안 하고요?"

"나는…… 떠나야 하거든. 갑자기 다른 곳으로 가야 할 일이 생겼어. 이햐, 진짜 억울하다. 이제 이 집에 얽힌 괴소문이 사라지면 제대로 장사할 수 있는데 그러질 못해서 말이다. 아마 내일이나 모레 떠나게 될 거야. 너희들 둘. 구주미, 고동미, 친하게 지내라. 친하게 지낼 수 있을 때, 서로 마주 보고 웃을 수 있을 때, 좋아할 수 있을 때 원 없이 친하게 지내고 원 없이 웃고 원 없이 좋아해야 해."

말을 하다 보니 울컥했다.

구주미와 고동미 그리고 동찬이가 돌아가고 아침이 올 때까지 나는 식당에 앉아 있었다. 손바닥의 도장 자국은 자로 잰 듯 정확하게 한 줄이 남아 있었다.

아침이 되어도 비는 여전히 내리고 있었다. 나는 방과 화장실 그리고 식당을 돌며 내가 잠시 머물렀던 흔적을 없애기 시작했다. 이불은 얌전히 개켜 원래 있던 곳에 놓고 화장실 문과 창문도 꼭 닫았다. 의자는 탁자 밑으로 넣어 정리했다. 마지막으로 주방을 정리하려고 냉장고를 열 때였다. 식당 문이 빼꼼 열리더니 구주미와 고동미가 들어왔다.

"학교 안 갔니?"

"오늘 토요일이에요. 우리 엄마가 좀 전에 경찰서에 갔어요."

"냉장고를 열어보니 재료가 좀 남아 있네. 비밀병기 만들어줄 테니까 먹어라."

구주미와 고동미가 탁자 앞에 나란히 앉았다.

"우리 둘이 다시 친해졌어요."

구주미가 말했다. 그 말에 고동미는 빙긋 웃었다.

비밀병기에 들어갈 재료들을 다지고 나서 버터를 녹였다. 거기에 우유를 붓고 끓인 다음 밀가루를 넣어 반죽했다. 반죽을 곱게 펴서 프라이팬에 올리고 재료를 듬뿍 올려놨다. 마지막으로 비밀병기를 만드는 시간이었다. 이 아까운 시간이 지나면 비밀병기도 나도 사라진다.

"아참, 아줌마. 저번에 파감로맨스를 먹어봤는데요. 제가 그걸 먹고 나서 뭔가 좋은 생각이 날 듯 말 듯 했었거든요. 오늘 한번 해봐도 돼요?"

구주미가 물었다.

"그러든가."

"파를 물에 데치는데요, 데치는 시간이 중요해요. 파가 너무 물러져도 안 되고 덜 데쳐져도 냄새가 많이 날 거예요. 한번 데쳐보세요."

물이 펄펄 끓자 구주미가 말했다.

"네가 하려고 그런 거 아니었니? 네가 데쳐."

나는 어이없어하면서 끓는 물에 파를 넣었다. 나무 주걱을 한번 휘~ 저은 다음 꺼내려고 하자 구주미가 내 손목을 잡으며 "조금 더 있어봐요" 하고 말했다. 내가 나무 주걱을 놓고 비밀병기를 돌돌 말고 있자 구주미가 빨리 꺼내라고 소리쳤다. 파를 건져내자 찬물에 헹구라고 시켰고, 헹구고 나자 물기를 꽉 짜서 다지라고 했다. 사람을 부려먹는 데 탁월한 재주가 있었다.

"너, 요리 잘하니?"

나는 구주미에게 물었다.

"아니요. 저는 완전 똥손이에요. 라면도 못 끓여요."

"그래? 이건 믿어도 되는 레시피 맞지?"

"아줌마, 아줌마는 저를 못 믿어요? 좋아요. 제 솜씨는 못 믿어도 좋아요. 제 영감을 믿으라고요."

나는 구주미를 멍하니 바라봤다. 저 말은 설이가 잘 하던 말이었다.

'오빠, 오빠는 나를 못 믿어? 내 영감을 믿으라고!'

구주미는 잘게 다진 파를 오일에 달달 볶으라고 했다. 오일의 온도를 높이면 안 되니까 약한 불에 볶으라고 했다. 그러면 단맛이 날 테고 감자와도 잘 어울릴 거라고 말했다.

"이건 어디서 본 레시피니?"

"어디서 본 게 아니고요. 문득 생각났어요. 누가 뒤통수를 퍽 치는 듯하더니 말이에요. 아주 오래전부터 내 기억 속에 존재하고 있던 레시피처럼요. 긴가민가했는데 만들어보니까 딱 내 생각대로 되었어요."

나는 멍하니 구주미를 바라봤다. 뾰족하고 앙칼진 느낌이 있는 구주미의 말투와 다정하고 부드러운 설이의 말투는 완전히 달랐다. 그런데 구주미의 말투에서 자꾸만 설이가 연상되었다. 내가 뭔 생각을 하는 거야? 무슨 그런 말도 안 되는 상상을. 나는 머리를 흔들었다.

"그런데 되게 이상하다. 이런 장면 언젠가 경험해본 거 같아. 주방에 이렇게 서서 누군가에게 막 뭘 시키던 이 장면. 내가 전생에 셰프였나?"

구주미가 고동미에게 말했다.

"야, 나는 지금부터 주미 네가 하는 말에는 무조건 동의하려고 마음먹었는데 있잖아. 전생에 셰프였다는 말에는 절대 동의 못 해. 그건 아닌 거 같아. 내가 전에 네가 끓인 라면 하나 먹는데 사람이 어디까지 인내할 수 있는지, 그 인내의 한계를 느꼈었거든. 아무리 다른 세상에 태어났다고 하더라도 완전히 달라지지는 못할 거야. 전생에도 너는 라면도 못 끓이는 아이였을 거야."

고동미가 말했다.

"그런가? 그런데 지금 눈앞에 자꾸만 스쳐가는 이

장면은 대체 뭐야? 아, 고소해. 볶은 콩가루를 넣었네."

구주미가 완성된 비밀병기를 잘라 입에 넣으며 말했다. 나는 놀라서 구주미를 바라봤다. 비밀병기에 들어간 설이와 나만이 아는 재료, 그건 바로 볶은 콩가루였다. 그건 누구도 모르는 설이와 나만의 비밀이었다.

'아.'

그때 가슴 중간이 찌릿했다. 다리에 힘도 풀렸다. 나는 손바닥을 바라봤다. 도장 자국이 거의 사라졌다.

"나 그만 간다. 빨리 가야 하는데 깜박 잊고 있었어, 주방 정리는 좀 부탁해."

나는 서둘러 식당에서 나왔다. 구주미와 고동미가 뭐라고 하는 것 같았지만 들어줄 시간이 없었다. 나는 마당에 서서 통창으로 보이는 식당을 바라봤다. 빗줄기 때문에 안은 제대로 보이지 않았다.

다리에 힘이 더 풀렸다. 나는 뒤돌아서서 걸었다. 내가 이곳에 온 게 잘한 일인지 잘못한 일인지 잘 모르겠다. 나에게 손톱만 한 기적이 일어난 것인지 일어나지 않은 것인지 그것도 아리송했다. 골목을 거의 빠져나왔을 때는 공중으로 붕 뜨는 기분이 들었다. 그때 우산을 쓰고 약속 식당을 향해 내달리는 동찬이가 보였다. 구주미 옆에 동찬이가 있어서 참 다행이라는 생각이 들었다.

골목을 벗어나자 내 몸은 점점 더 위로 올라갔다. 정신이 흐릿해졌다. 파감로맨스는 어쩌면 구주미가 완성했을 수도 있다. 아니지, 그 똥손이 완성할 수는 없겠지. 파감로맨스는 끝내 미완성으로 남게 되었다. 하지만 어차피 구주미는 파감로맨스가 필요 없으니까 괜찮다.

"가냐?"

눈앞에 만호가 나타났다.

"이렇게 소멸하는 앞에 나타나는 거, 우리 세계의 룰에 벗어나는 거거든. 그런데 아무래도 걱정이 되어서 말이야. 내 제안을 받아들인 거 후회되지? 미안하다."

"아니요. 후회하지 않아요. 나는 후회하지 않는데, 왕 원장은 후회했을 거예요. 왕 원장이라고 아시죠? 저는요, 만호님. 만호님이 다른 이에게 새로운 생을 달라고 제안할 때 꼭 그런 말은 해주었으면 좋겠어요. 살았던 그 세상에서 최선을 다했다면 되었다고. 아아, 제가 후회한다는 말은 절대 아니에요."

"연못 속에서 손톱을 찾은 거니?"

만호가 물었다. 나도 잘 모르겠다. 그게 연못 속에서 찾은 손톱인지 아닌지. 설이가 나를 완전히 잊지는 않았다는 것, 그 사실을 알았다. 어느 날 문득 한 번씩 나와의 시간을 떠올린다는 것을. 그러나 그게 나와의 기억이라는 걸 모른다는 것이 함정이었다.

'아무튼 약속 식당에 온 것을 후회하지 않아요. 감사합니다.'

만호의 모습이 점점 흐려졌다. 더 이상 만호 모습이 보이지 않을 때 내 생각은 멈췄다.

작가의 말

'다음 생에서 다시 만나자.'

누구나 한 번쯤은 해봤을 말이다. 꼭 말로 표현하지 않았더라도 마음속으로 한 번쯤은 생각해봤을 말이기도 하다. 현재 내가 상대에게 주는 게 턱없이 부족하다고 여겨질 때, 지금의 상황을 사람의 힘으로는 어찌할 수 없을 때, 또는 뜻하지 않은 이별 앞에 섰을 때, 아니면 농담 정도로, 이유는 다양하다. 진심일 수도 있고 책임 회피일 수도 있다.

다음 생이 과연 존재할까? 그건 아무도 모른다. 모르면서 약속을 한다.

나에게는 두 살 터울의 언니가 있었다. 존재조차도 기억하지 못하는 언니다. 그도 그럴 것이 내가 두 살 언니가 네 살 때, 언니는 폐렴으로 세상을 등졌다. 언니와 나는 동시에 폐렴을 앓았고, 나는 살았고 언니는 떠났다. 아버지는 언니를 굉장히 예뻐하셨다고 한다. 언니가 죽고 나서 뒷산 자락에 묻었는데, 아버지는 언니가 좋아했던 감자를 삶아 날마다 언니를 찾아가셨다고 한다. 그러던 어느 날, 언니를 찾아갔던 아버지는 나뭇가지를 박차고 날아오르는 한 마리 새의 날갯짓에 놀랐고 그 후로는 언니를 찾지 않았다고 했다. 그 이야기도 내가 어른이 되고 나서 들었다. 엄마는 그 새가 언니였을 거라고 했다. 궂은 날에도 어김없이 거친 산을 오르는 아버지가 안쓰러워 그랬을 거라고 했다. 엄마가 그런 말씀을 하실 때면 아버지는 아무 말씀도 하지 않으셨다. 그저 베란다 밖만 조용히 바라보셨다.

또 나에게는 다섯 살 터울의 오빠가 있었다. 재주도 많고 추진력도 대단하던 오빠였다. 오빠가 가진 재주에 비해 부모로서 해준 역할이 없었다고 믿었던 아버지는 오빠 앞에 잘 나서지 않았다. 보이지 않는 곳에서 늘 오빠를 자랑스럽게 생각하셨다. 아버지의 자랑이던 오빠는 투병 끝에 세상을 등졌다. 오빠 장례식을 치르던 3일 내내 아버지는 잠시도 앉아 계시지 못했다. 병원 장례식장과 집은 대중교통으로 한 시간 거리에 있었다. 아버지는 수시로 집에 다녀오셨다. 수건을 가지고 온다는 핑계, 약을 두고 왔다는 핑계, 그리고 손자 간식을 챙겨온다는 핑계로. 병원 문을 나서던 아버지의 축 늘어진 어깨가 지금도 또렷하다.

세월이 지나 아버지도 돌아가셨다. 엄마는 아버지가 먼저 가서 기다리고 있던 언니와 오빠를 만났을 거라고 하셨다. 언젠가 아버지가 그런 말씀을 하셨단다. 다음 생에 꼭 다시 만나 해주지 못했던 것을 해주고 싶다고, 떠나보내면서 그렇게 약속을 했다고. 아버지가 약속을 지켰는지 어쨌는지는 잘 모르겠다.

『약속 식당』을 쓰면서 고민을 많이 했다. 간절한 마음이 닿은 곳에 운명처럼 재회를 그려볼까, 지금 이 순간에도 현재를 살아가며 다음을 기약하는 이들에게 위로가 될 수 있을 텐데, 이런 마음이 강했다. 하지만 불투명한 다음 생보다는 지금 내 손에 있는 현재, 보고 만질 수 있는 지금 이 순간에 최선을 다하는 쪽을 택했다.

약속은 지켜져야 한다. 지키기 위해 약속을 하는 것이다. 그렇다면 다음이 아닌 지금 최선을 다해야 한다. 지금 지킬 수 있는 약속을 해야 한다. 조금은 부족하고 모자라더라도 내가 약속을 지키기 위해 최선을 다했다면 그것으로 된 거다.

태어나는 자식의 앞날을 위해 많은 약속을 했을 아버지. 그 많은 약속을 다 지키도록 시간은 기다려주지 않는다. 하지만 주어진 시간 안에서 아버지는 최선을 다했을 것이다. 턱없이 부족하고 모자란다고 여겼어도 말이다. 그래서 아버지의 바람이 이루어지지 않았다고 해도 슬퍼할 일은 아니라고 생각한다.

『약속 식당』 표지 그림을 받아보던 날, 설렜다. 어딘가에 그림 속 식당과 똑같은 식당이 있을 거 같았다. '예쁘다 미용실'과 같은 공간이 있을 거 같았다.

다음 생이 있을지 없을지 모른다. 만호가 있을지 없을지, 그것도 모른다. 다만 뜻하지 않게 채우와 같은, 왕 원장과 같은 기회를 얻은 사람이 있을 수도 있다. 그런 기회가 찾아온다면 지키지 못한 약속을 지키려 전전긍긍하기보다는 마주한 기억 속 그 사람과 새로운 추억 하나를 만들어봐도 괜찮겠다.

박현숙

약속 식당 :

구미호 식당 3

초판 1쇄 인쇄일 | 2024년 12월 24일
초판 1쇄 발행일 | 2025년 1월 7일

지은이 | 박현숙
펴낸이 | 사태희
편 집 | 박선규 · 책임편집 | 정미리
디자인 | 김경미
마케팅 | 장민영
제 작 | 이승욱 이대성

펴낸곳 | (주)특별한서재
출판등록 | 제2018-000085호
주 소 | 08505 서울특별시 금천구 가산디지털2로 101
한라원앤원타워 B동 1503호
전 화 | 02-3273-7878
팩 스 | 0505-832-0042
e-mail | specialbooks@naver.com
ISBN | 979-11-6703-140-2 (03810)